OETINGER TASCHENBUCH

Johannes Groschupf

LOST PLACES

Roman

Oetinger Taschenbuch

MIX
Papier aus verantwortungsvollen Quellen
FSC® C014496

Das für dieses Buch verwendete FSC®-zertifizierte
Papier Danube liefert Salzer Papier, St. Pölten, Austria.
Der FSC® ist eine nicht staatliche, gemeinnützige Organisation,
die sich für eine ökologische und sozialverantwortliche
Nutzung unserer Wälder einsetzt.

2. Auflage 2013
Originalausgabe

Umschlaggestaltung:
Hauptmann & Kompanie Werbeagentur, Zürich
Druck: GGP Media GmbH, Pößneck
ISBN 978-3-8415-0248-3

www.oetinger-taschenbuch.de

PROLOG

Die Träume sind geblieben. Keine Nacht vergeht, in der ich nicht im Traum hinabsteige in den Keller.

Die Stufen sind rutschig von ranzigem Fett. In der Dunkelheit sind sie kaum zu sehen. Ich habe nur das Feuerzeug, mein altes Zippo, das so heiß geworden ist, dass ich es nicht mehr lange halten kann. Der Beton ist brüchig. Die Eisenrohre des Geländers geben keinen Halt. Hinter mir kommt Moe die Stufen herunter, sie flüstert: »Wie weit ist es noch?«

Meine Füße tasten nach dem sicheren Boden. Die Stufen hören auf, wir stehen vor einer Tür. Das Bellen der Hunde klingt noch weit entfernt, doch sie werden uns bald finden. Ich lege die Hand auf den Türgriff und will die Tür aufdrücken. Meine Finger zittern, als sie das kühle Metall berühren. Plötzlich weiß ich, dass ich nicht weitergehen kann. Nicht in diesen Raum.

»Mach schon«, sagt Moe. »Worauf wartest du?«

Sie legt ihre Hand auf meine und drückt die Klinke herunter. Mit einem dunklen Knarren öffnet sich die Tür. Ein dumpfer, unerträglicher Geruch schlägt uns entgegen. Ein Geruch nach Fäulnis und kaltem Stein. Ich halte mir die Hand vor die Nase und atme, so flach ich kann. Moe drängt sich an mich, ich höre sie würgen.

Das Hundebellen kommt näher, und wir hören die Schritte über uns, wir müssen weiter.

Ich drücke die Tür auf. Der Raum ist erhellt von einer letzten Kerze. Die anderen Kerzen auf dem Boden sind erloschen. Sie stehen in einem Kreis. Der Boden ist blutverschmiert. Ein Fell liegt an der Seite. Wodkaflaschen stehen herum. Die Wände sind bemalt mit schwarzen Zahlen und blutroten Worten. Plötzlich weiß ich es wieder: Wir sind hier schon einmal gewesen. Der Raum war voller Leute, und wir haben ihnen zugesehen, als sie ihr Ritual vollzogen.

Von der Decke hängt eine Kette herunter, daran baumelt das Skelett eines Tieres. Die Knochen sind deutlich zu sehen, der dürre Brustkorb, die Hinterläufe, der Schädel. Das Gerippe hängt kopfüber, genau über der Kerze.

»Was ist das?«, fragt Moe.

»Sieh nicht hin«, sage ich. Meine Stimme ist rau. »Sieh nicht hin.«

Dann erlischt die Kerze.

Sieh nicht hin, sieh nicht hin. Jede Nacht höre ich meine eigenen Worte. Aber wir haben hingesehen.

1. KAPITEL

Wir waren Katzen in der Nacht. Vor einem Jahr hatten wir begonnen, die verlassenen Gebäude der Stadt zu erkunden. Wir kletterten über Zäune und Mauern und erforschten die verwilderten Grundstücke dahinter. Wir liebten die düsteren Winkel der Stadt, wo niemand mehr lebte und keiner sich hintraute. Wir sprangen auf die Dächer von leer stehenden Fabriken, um einen Einstieg zu finden. Wir schlüpften in schmale Nischen hinein, tappten Treppen hinunter, rannten durch stinkende Tunnel. Kein Gebäude war vor uns sicher. Wir erforschten die aufgegebenen Schulen und Stadtbäder, die alten Krankenhäuser und Lagerhallen Berlins. Von Montag bis Freitag gingen wir zur Schule, am Wochenende wurden wir Urban Explorers, Experten für die Kehrseite der Stadt. *Take nothing but pictures, leave nothing but your footprints.* Kaya und Moe, Chris und Steven und ich, Lennart.

Angefangen hatte es mit einem Kran. In Berlin wurde viel gebaut, und am Wochenende standen die Kräne unbeaufsichtigt auf den Baustellen herum, sie ragten in den Nachthimmel und warteten auf uns. Chris und ich kamen von einer öden Party und blieben vor dem Zaun einer Baustelle stehen. Der Kran schien bis in die Wolken zu reichen.

»Muss schön sein da oben«, sagte Chris, und ich nickte.

Wir hätten auch weitergehen können, irgendwo noch ein Bier trinken, dann nach Hause, noch eine Runde *Call of Duty* spielen, ehe wir einschliefen. Aber wir blieben stehen und sahen uns um. Niemand sonst war auf der Straße, es war halb drei morgens, und wir wollten wissen, wie es dort oben aussah und ob wir es schaffen würden, dort hinaufzukommen.

Wir zwängten uns durch den Zaun, sprangen auf die gewaltigen Steinquader, die den Kran sicherten, hangelten uns durch die Querstreben und stiegen die Leiter hinauf. Chris voraus, ich hinterher. Mit jedem Schritt nach oben wurde der Nachtwind kühler, der Kran schwankte leicht. Ich hielt mich an den Eisensprossen fest, kletterte weiter und weiter hinauf. Die Häuser unter uns wurden kleiner, die Straßenlampen schimmerten wie von fern, die Autos sahen aus wie Spielzeuge. Wir brauchten eine gute Viertelstunde, bis wir an der Luke des Führerhäuschens angelangt waren. Sie war nicht abgeschlossen.

Danach saßen wir gemeinsam auf dem Sessel des Kranführers und schauten atemlos hinunter auf die Stadt. In diesem Glashäuschen war es völlig still. Es war, als schwebten wir über der Stadt.

»Lass uns das mal öfter machen«, sagte Chris, als wir wieder hinunterkletterten. »Das ist einfach genial.«

Beim nächsten Mal waren Kaya, Moe und Steven dabei. Wir kamen an dem verwilderten Vergnügungspark im Plänterwald vorbei. Der Zaun war längst überwuchert von Sträuchern, wir sprangen hinüber. Alle guten Dinge sind dreist.

Vor Jahren war der Park geschlossen worden, der Besitzer nach Südamerika geflohen, aber die Achterbahn stand noch dort, das Riesenrad mit seinen morschen Gondeln, die verfallenen Imbissbuden und Verkaufsstände.

In einem Winkel lagen riesige Dinosaurier aus Polyester herum, ein Mammut streckte kläglich seine Beine von sich, Rüssel und Stoßzähne fehlten ihm. Der T-Rex lag mit starrem Blick im Gras, ein Bein war ihm abgeschlagen worden. Wir streichelten den Kopf eines Dinosauriers ohne Zähne. Es war ein trauriger Anblick.

»Als Kind hab ich die für echt gehalten«, murmelte Kaya, »als ich mit meiner Oma hier war. Da standen sie gleich am Eingang.«

Wir folgten den zugewucherten Gleisen der Parkeisenbahn bis zum Bahnhof der Westernstadt und kletterten auf den Abfahrtshügel der Wildwasserbahn. Die Waggons lagen noch dort, eingerostet und verstaubt.

Das ehemalige Geisterhaus war ebenso leer wie das Spiegelkabinett – die Gerippe, Särge und Mumien waren fort und alle Spiegel abgehängt. Und doch schien der ganze Ort auf eine seltsame Weise belebt zu sein, erfüllt mit Erinnerungen an vergangene Zeiten. Eine Ruine im Wartestand.

Von da an hielten wir die Augen offen, wenn wir durch die Stadt liefen, und wurden zu Kundschaftern des Verfalls.

Jetzt hatten die Sommerferien begonnen, und wir waren am Schlesischen Tor verabredet. Freitagabend, Mitternacht. Ich war als Erster da und sah das Partyvolk aus der U-Bahn kommen. Wer in Berlin feiern ging, kam hier am Schlesischen Tor vorbei. Pulks von Jungs mit Bierflaschen in der Hand, Handy am Ohr, ich hörte ihre Gesprächsfetzen: »Bin am Schlesi, wo bist du?« Gruppen von Mädchen, ihre neuen Taschen unter den Arm geklemmt, die Haare offen, sie besprachen die wichtigsten Sachen: »Er ist so süß, aber er ruft nie an.« – »Jungs sind so, denen fehlt das Telefon-Gen. Mach dich rar, dann meldet er sich garantiert wieder.« Die U-Bahn legt sich hier quietschend in die Kurve, rumpelt weiter zur Oberbaumbrücke oder kommt von der Warschauer Brücke. Dies war Partyland, Partyzone. Alle waren gut drauf.

Ich nicht. Ich hatte eben die elfte Klasse vor die Wand gefahren. Meine Eltern hatten es am Tag zuvor erfahren. Sie waren not amused.

»Das ist nicht lustig, Lennart«, sagte mein Vater, als ich ihm mit einem schiefen Grinsen das Zeugnis gab, »das ist echt traurig.« Er wies auf den Vermerk mit den unentschuldigten Fehlzeiten und sah mich mit einem Kopfschütteln an, als könnte er nicht begreifen, weshalb er mit einem solchen Versagersohn geschlagen war. »Das habe ich mir eigentlich anders vorgestellt, Lennart.«

Meine Mutter kriegte einen ihrer Anfälle und fing an rumzustressen: »Dann räum wenigstens dein Zimmer auf. Ich will dieses Chaos nicht mehr sehen. Und dich will ich auch nicht mehr sehen!« Beleidigtes Türenknallen. So was liebt sie, wenn sie ausrastet.

Sekunden später flog die Tür wieder auf: »Und bring den Müll runter. Und deine verdammten Kippen!«

Türknallen, Tür wieder auf: »Und steh hier nicht so blöd rum. Nimm die Kapuze runter!«

Ich nahm die Kapuze nicht runter, ich nahm sie nie runter. Die Kapuze war meine Tarnkappe. Sehen, aber nicht gesehen werden, das war mein Motto. Meine Mutter tobte weiter, ich sah ihr hochrotes Gesicht, ihre verzerrten Lippen und hörte die Satzschleifen, in die sie sich immer weiter hineinsteigerte: »Warum tust du mir das an? Warum bist du so? Warum, was habe ich dir getan?«

Drama, Mama, Drama.

Wenn sie ins Keifen geriet, konnte man nur noch den Kopf einziehen.

Schließlich sagte ich: »Das würde ich an deiner Stelle echt mal behandeln lassen.«

Daraufhin sagte sie nichts mehr, und ich ging raus in den Abend.

Jetzt stand ich am *Burgermeister* und wartete auf die anderen, auf unseren Start in die Sommerferien. Der *Burgermeister* war der perfekte Ort, bevor man loszog in die Nacht.

Alle guten Klubs waren in Reichweite. Das *Watergate*, das *Lux*, das *Lido*, der *RAW-Tempel* und das *Berghain* über die Spree rüber. Überall lag Musik in der Luft, sie brodelte aus jeder Hausecke, dröhnte aus jedem Auto, das vorbeifuhr. Reggaebässe, Technoloops, Gitarrenriffs.

Diese Nacht, dachte ich, könnte der Anfang eines richtig guten Sommers werden. Aber nicht für mich. Mein Urlaub war gestrichen, das Taschengeld ausgegeben und mein Konto hoffnungslos leer.

»Du glaubst doch nicht im Ernst, dass ich dir drei Wochen Italien bezahle«, hatte mein Vater gesagt. »Nach diesem Zeugnis? Das glaubst du doch nicht, oder?«

Ich hatte bloß mit den Schultern gezuckt und schmal gelächelt. Dann eben nicht.

Jetzt hatte ich noch fünf Euro in der Tasche, die letzten fünf Euro. Sie mussten für die nächsten Tage reichen, bis meine Eltern sich wieder beruhigt hatten. Ich stand vor der dunkelgrün gestrichenen *Burgermeister*-Bude unter der Hochbahn, um mich herum hundert Leute, die ihre Bestellungen aufgeben wollten, und ich hatte Hunger.

Chris kam über die Straße. Zuerst bemerkte man an ihm immer die Zahnlücke. Er lachte viel, und sofort sprang einem die Lücke entgegen. Aber Chris machte das nichts aus. Er war der King. Er hatte den Swing. Wie er über die Straße ging, das war pure Musik. Schultern und Becken, Arme und Füße, sein kleiner Hut schräg auf dem Kopf, all das vibrierte vor guter Laune. Er ging bei Rot über die Kreuzung, die Autos warteten voller Respekt. Chris grüßte nach links und rechts, es war unglaublich, wie viele Leute er kannte. Und alle Mädchen schauten über die Schulter, warfen ihm lange Blicke zu und fragten sich: Wer ist *das* denn?

Wir umarmten uns kurz.

»Hey, Alta«, sagte ich.

»Hey, Digga«, sagte Chris. »Alles gut?«

Er hob meine Kapuze um einige Millimeter hoch und schaute mich an.

»Du brauchst was zu essen, Junge«, sagte er.

Meine Laune besserte sich. Ich nickte.

»Du brauchst einen Meistaburger vom *Burgermeister*. Die optimale Nahrung für einen Jugendlichen, der den ganzen Tag noch nichts gegessen hat. Wertvolle Nährstoffe für deinen jungen Körper, der noch im Wachstum ist.«

Steven winkte uns zu und watschelte über die Straße. Er ging wie eine Ente, die Füße schräg nach außen. Vielleicht lag es an seinem Gewicht, an seiner Masse. Er trug eine wahnsinnig nerdige Brille. Steven war gut in Mathe und wollte mal Jura studieren. Wir mochten ihn trotzdem. Dienstags und mittwochs arbeitete er hinter der Theke im *Anfall*, einer leicht vergammelten Bierkneipe in einer Kreuzberger Seitenstraße. Er war ein guter Wirt, flink mit dem Bier und sparsam mit Worten.

Hinter ihm tauchten Kaya und Moe auf. Sie kamen immer zusammen, obwohl die beiden völlig verschieden waren. Kaya war einfach glamourös. Lange blonde Haare, die sie dauernd nachblondierte. Glitzersterne auf den Wangen. Immer die neuesten Sachen am Start. Immer auf dem Sprung. Kaya machte Party, soviel sie davon kriegen konnte. Unter der Woche war sie gut sortiert, da machte sie ihre Hausaufgaben und spielte ernsthaft Geige. Aber am Wochenende wurde sie zum Partybiest, da kannte sie nichts. Und ihre scharfe Zunge war gefürchtet.

»Hallo, Sitzenbleiber«, sagte sie zu mir.

Wir umarmten uns alle. Fast alle. Moe umarmte uns nicht, das tat sie nie, obwohl wir uns schon über ein Jahr kannten. Sie stand nicht drauf. Sie reichte uns nur kurz die Hand.

Moe trug meistens eine verschrammelte Cordhose und Iriedaily-Klamotten, völlig unauffällig, während alle anderen Mädchen in der Schule so stylish wie möglich aussehen wollten. Moe nicht. Wenn an ihr überhaupt etwas stylish war, dann ihr blaues Rennrad. Und ihre Augen, doch die waren jenseits von stylish, die waren wirklich krass.

Das Beste an ihr war: Moe konnte unglaublich gut zuhören. Sie hatte es einfach raus. Sie bedrängte einen nicht mit tollen Ratschlägen, sondern saß nur da und nickte und ließ einen weiterreden. Manchmal fragte sie nach, wenn sie etwas nicht verstanden hatte. Solche Fragen stellte sie mit ihrer vorsichtigen, spröden Stimme. Ich hätte gern mal einen Song gehört, von ihr gesungen, nur dieser Stimme wegen. Aber Moe sang nicht. Sie hörte zu. Sie sagte zwischendurch kleine Sachen wie »O Mann« oder »Echt jetzt?«, und dabei blickte sie einen an, als könnte sie wirklich nachfühlen, wie es einem ging.

Wahrscheinlich hätte sie das auch gesagt, wenn ich ihr erzählt hätte, dass ich sie mochte. Doch das hatte ich ihr natürlich nie gesagt.

Wir bestellten, bekamen eine Wartenummer und warteten wie die hundert anderen Partyleute, während die Jungs am Grill damit beschäftigt waren, cool auszusehen und die besten Burger der Stadt zu braten.

»Lasst uns was machen«, sagte Kaya hippelig. »Lasst uns heute was machen, was wir noch nie gemacht haben.«

Wir waren sofort einverstanden.

»Wir schleichen auf die Gleise unter der Warschauer Brücke und nehmen den nächsten Güterzug, egal wohin«, sagte Chris.

»Wir organisieren einen Flashmob hier auf der Kreuzung, gleich jetzt«, sagte Steven.

»Wir schwimmen durch die Spree«, sagte ich.

»Wir klauen Hunde und versteigern sie bei eBay«, sagte Moe.

»Ich will erst mal tanzen«, sagte Kaya. »Aber richtig. Zur besten Musik. Ich habe Ferien und die Taschen voll Geld. Ich will tanzen und dann sehen, was die Nacht uns noch bietet.«

Dann waren unsere Burger fertig, und wir machten uns darüber her. Neben uns flirrten italienische, spanische und englische Satzfetzen, Handyklingeln, ein Schwall Dubstep aus einem vorbeifahrenden Auto, das metallische Knirschen der U-Bahn über uns.

Wir nahmen noch Bier mit und liefen über die Oberbaumbrücke. Einmal im Jahr trafen sich hier die Kreuzberger und die Friedrichshainer Jugendlichen und trugen eine epische Schlacht mit Wasserpistolen und faulen Tomaten, matschigen

Bananen und weichen Birnen aus. Im Winter trafen wir uns zu einer Schneeballschlacht im Görlitzer Park. Den Rest des Jahres feierten wir zusammen.

Als wir die Spree unter uns glitzern sahen, war ich erleichtert, dass mein Vorschlag nicht durchgekommen war. Zum Schwimmen war es noch zu kühl.

Wir standen eine Weile auf der Warschauer Brücke und schauten uns das nächtliche Lichtermeer von Berlin an. Der Fernsehturm ragte am Alexanderplatz auf. Überall waren Autos, Mopeds, Fahrräder, Leute unterwegs, die Stadt war riesig, und ich liebte sie.

Unter uns fuhren die S-Bahnen und endlos lange Güterzüge, und wir beschlossen, heute nicht den nächsten Güterzug zu nehmen und bis Wladiwostok zu fahren. Heute nicht, ein anderes Mal vielleicht.

2. KAPITEL

Wir liefen, obwohl es noch viel zu früh war, erst zwei Uhr, zum *Berghain* hinterm Ostbahnhof. Kaya kannte einen der Türsteher dort, und sie war sich hundertprozentig sicher, dass wir reinkämen.

»Kein Ding«, sagte sie. »Klitschko steht auf mich, das ist besser als die Gästeliste.«

Chris schüttelte den Kopf. »Was soll das denn heißen, der steht auf dich. Wenn er dir einen Gefallen tut, zahlst du auch dafür. Lass die Finger von den Türstehern.«

»Mann, du hörst dich an wie mein Vater«, sagte Kaya. »Da läuft nichts mit Klitschko, der ist in Ordnung. Ich will da nur tanzen, okay?«

Also gingen wir hin. Alle wollten ins *Berghain*, alle. Vor der Tür standen an die zweihundert Leute, die übliche Meute, eine Mischung aus Schülern, Erasmus-Studenten, Büromädels, Hipstern, Geschäftstypen, die einen draufmachen wollten, Szenevolk.

Eddie machte die Tür. Eddie war der jüngste der Türsteher, ein Klops aus Fett und Muskeln. Die Tage verbrachte er in seinem Fitnessstudio und pumpte Eisen, die Nächte an der Tür des *Berghain*. Er wollte aufsteigen in der Türsteherhierarchie, er wollte von ihnen anerkannt werden, deshalb kam man an ihm nicht vorbei. »Du kommst hier nicht rein«, das war sein

Spruch. Was anderes hatte ich von Eddie nie gehört. Den Spruch brachte er in allen Betonungen. »*Du* kommst hier nicht rein.« – »Du kommst *hier* nicht rein.« – »Du kommst hier *nicht* rein.« Meistens hatte man anderthalb, zwei oder drei Stunden gewartet, um diesen Satz zu hören. Dann stand man da, erniedrigt, gedemütigt.

Wir alle hassten Eddie. Dabei war er nur fünf Jahre älter als wir. Der älteste Bruder von Chris war mit ihm in der Grundschule in einer Klasse gewesen, in der dritten und vierten; dann war Eddie sitzengeblieben.

»Er konnte kaum lesen, sagt mein Bruder«, hatte Chris mal erzählt. »Und beim Schreiben hielt er den Stift in der geschlossenen Faust. Wenn die Mädchen ihn deshalb aufzogen, hat er manchmal angefangen zu heulen. Und wenn die Jungs was sagten, hat er gleich zugeschlagen. Und er hatte schon damals einen harten Schlag am Leib. Aber einmal tat er meinem Bruder wirklich leid. Als seine Mutter ihn zur Schule brachte. Er trippelte hinter ihr her wie ein Dackel. Dick war er schon damals. Aber neben ihr wirkte er schmächtig. Und eingeschüchtert.«

Danach hatten sie Eddie aus den Augen verloren. Ein Bekannter erzählte Jahre später, dass Eddie auf die Polizeischule wollte, aber abgewiesen worden war, weil er nicht schreiben konnte. Und jetzt stand er hier, prall und speckig.

Wir standen anderthalb Stunden in der Menge und warteten. Obwohl es noch so früh war, ließen sie immer nur zehn oder fünfzehn Leute rein. Wenn die Tür für die glücklichen

Leute geöffnet wurde, die reindurften, hämmerte für einen kurzen Moment ein hypnotisches Drumming auf den Vorplatz, das alle elektrisierte. Alle in der Warteschlange hippelten nervös herum, weil sie nicht wussten, ob sie reinkommen würden oder nicht. Ein kaltes Scheinwerferlicht lag auf den Gesichtern. Die Frauen machten an ihren Haaren herum, um besser auszusehen, wenn sie in der Schlange vorrückten. Die Männer rauchten und versuchten, gelangweilt zu wirken.

»Bin noch nie irgendwo nicht reingekommen«, sagte einer und schnippte sich eine Staubfluse vom Hemd. Seine Begleiterin schaute bewundernd zu ihm auf. Als sie von Eddie weggeschickt wurden, redete sie giftig auf ihn ein und stöckelte empört über den Parkplatz. Die Türsteher genossen das Theater der Demütigung, besonders Eddie. Manchmal drehte er nur den Daumen nach unten, wie ein römischer Kaiser im Kolosseum.

»Was für ein Vogel«, sagte Steven.

Die meisten Leute mussten gehen. Sie ließen die Köpfe hängen und trotteten an den Absperrgittern zurück. Keiner sah ihnen nach, dies war nicht der Platz für Mitleid. Es konnte jeden erwischen.

Aber an diesem Samstag hatten wir Glück. Hinter Eddie lehnte Klitschko an der Tür, und Kaya ging geradewegs auf ihn zu. Niemand kannte seinen wirklichen Namen, alle nannten ihn nur Klitschko. Das Haus schwitzte die Musik aus, ich wollte unbedingt rein und tanzen, nur tanzen und alles vergessen. Kaya stand vor Klitschko und verhandelte. Er war ein Hüne, mindestens zwei Meter groß, der Schädel nackt, über eine Gesichtshälfte lief ein tätowierter Stacheldraht. Er war eine Legende der Berliner Nächte, seit zwanzig Jahren dabei, hatte alles gesehen und alles überlebt. Jetzt war Klitschko der absolute Chef der Tür, durch die alle gehen wollten, die hässliche, verbeulte, eiserne Tür des *Berghain*. Die härteste Tür Berlins.

Klitschko fuhr mit einem Finger durch Kayas Haar, nickte unmerklich und ließ uns durch. Keiner fragte nach unseren Ausweisen. Kaya zahlte für uns alle, sie hatte reiche Eltern, Geld war ihr völlig egal, sie *hatte* es einfach und gab es aus. Ich dachte an den zerknüllten Fünfer in meiner Tasche. Dann schob ich den Gedanken in einen dunklen Winkel meines Hirns und ging mit den anderen durch das Labyrinth der Betonsäulen zur großen Stahltreppe nach oben. Die Beats warfen mich fast um.

Ich war in genügend anderen Klubs gewesen, um zu wissen, dass die Musik am Anfang wehtun kann. Doch diesmal war sie ein Schock. Als wir die Halle betraten, konnte ich anfangs kaum etwas sehen. Die Schallwellen der Musik fielen uns mit ungeminderter Wucht an. Die Halle schien keine Wände zu haben, keine Decke, alles verschwamm zu einem Gefühl eines endlosen Raumes, in dem sich Hunderte Leute aneinanderdrängten und tanzten, die meisten Oberkörper nackt, nass vom Schweiß.

Die Musik war über alle Maßen gut. Hitzig, dreckig, hysterisch laut, unerbittlich, tanzbar. Kam man einmal ins Tanzen, musste man stundenlang weitermachen. Zwischendurch mal kurz auf die Toilette, um am Wasserhahn was zu trinken. Dann zurück in die Kathedrale zur Messe, zum Gottesdienst in der Feierhölle.

Nur tanzen und tanzen, ich wollte die letzten Wochen ausschwitzen, die verhauenen Klausuren, Mathe, Physik, Bio, Französisch, Geo, Deutsch, die Gesichter der Lehrer, ihre Sprüche, *So geht das nicht weiter, Lennart, was ist mit dir los, hast du Probleme, willst du darüber sprechen.* Die entsetzten Mienen meiner Eltern, die Panik in ihren Augen, *Der Junge kriegt es nicht gebacken, er ist zu dumm, aus ihm wird nie was, will immer nur schlafen und kiffen und am Computer spielen.* Ausschwitzen die öden Stunden in der Schule, die Nachmittage am Laptop, die Abende vor der Glotze. Eintauchen, abtauchen in die Musik, in das Hämmern der Beats, das Pulsen der Bässe. Erlöse mich vom Alltag.

Irgendwann stand ich mit Chris und Steven unten in der Toilette am Wasserhahn, da hörte ich Kaya schreien. Es war ein Wunder, dass wir überhaupt was hören konnten, nachdem wir zwei Stunden im pulsierenden Urgroove, im rohen Drumming getanzt hatten. Aber sie schrie, und es war unverkennbar Kaya. Wir rannten raus auf den Gang und ins Mädchenklo rein.

Da stand sie, an die Wand gedrängt, und Klitschko vor ihr. Er hatte seine Hände überall. Unter ihrem Shirt, zwischen ihren Beinen. Kaya schrie: »Nimm deine Hände weg, du Wichser!«

Moe lag auf dem Kachelboden, ihre Lippe blutete. Die anderen Mädchen sahen einfach nicht hin, sie schminkten sich vor dem Spiegel weiter. Mit Klitschko wollte sich niemand anlegen, dann flog man hier raus und kam nie wieder rein.

Wir überlegten keine Sekunde lang, sondern gingen zu dritt auf ihn los. Chris sprang auf seinen Rücken, ich hängte mich an seinen rechten Arm, Steven an den linken. Klitschko drehte sich schwerfällig schnaubend um die eigene Achse, Kaya kam frei und rannte zusammen mit Moe raus. Jetzt war es merkwürdig leise im Raum, nur unser wütendes Atmen war zu hören. Das Wummern, Puckern, Pochen der Musik klang sehr weit weg.

Klitschkos Gesicht war weiß vor Wut. Er drehte sich wie ein Kreisel, um Chris von seinem Rücken zu werfen, wir klatschten gegen die Kachelwände und ließen ihn endlich los.

»Das war ein Fehler, Jungs«, sagte er.

»Sie ist unsere Freundin«, sagte Chris, und ich sah die Angst in seinem Gesicht.

Wir hatten in den letzten Monaten genügend Prügelszenen gesehen, während wir draußen in der Warteschlange standen. Wer mit den Türstehern anfing zu labern, sie sogar anfasste, dem ging es schlecht. Sie schlugen ohne weiteren Kommentar zu. Manche hatten Quarzhandschuhe dabei. Nach einem Schlag mit dem Quarzer standen die wenigsten wieder auf. In der Warteschlange sah man dann lieber betreten zur Seite. Die Türsteher hatten die Macht, und die machte ihnen hier niemand streitig.

Klitschko wischte sich übers Gesicht. Der tätowierte Stacheldraht auf seiner Stirn und Wange glänzte im grünlichen Neonlicht.

»Sie ist unsere Freundin«, sagte Chris noch einmal.

»Ihr geht jetzt raus«, sagte Klitschko. »Und wen ich noch ein Mal hier sehe, der geht durchs Messer.«

»Danke«, sagte Steven.

»Alles klar«, sagte Chris. »Wir gehen schon.«

»Moment«, sagte Klitschko. »Moment, Jungs. Nicht so eilig.« Er drückte uns gegen die Kachelwand. Die Pupillen seiner Augen waren winzig klein.

»Lass uns gehen«, sagte Steven. »Wir sind schon weg und kommen nicht wieder.«

Klitschko schüttelte den Kopf. An seiner Halsschlagader vibrierte die Tätowierung eines Kolibris.

»Ihr geht hier nicht raus ohne eine Respektklatsche. Nur zur Erinnerung. Zur Mahnung.«

Wir standen nebeneinander an der Kachelwand. Chris kam als Erster an die Reihe. Klitschko schlug mit der flachen Hand zu, und Chris kippte seitlich weg.

Dann Steven.

Dann ich.

Ich sah Klitschkos Hand nicht kommen. Es fühlte sich an, als würde ich aus vollem Lauf gegen einen Türrahmen knallen. Mein Gesicht schlug zur Seite, mir schossen Tränen in die Augen, und ich schmeckte Blut im Mund. Ich stemmte mich gegen die Kachelwand, um stehen zu bleiben.

»Und jetzt raus«, sagte Klitschko.

Vor dem Mädchenklo empfingen uns drei seiner Kollegen. Wahrhaftige Türsteherschweine. Sie nahmen uns in den Schwitzkasten und schleiften uns vor die Tür. Klitschko kam hinter uns her und gab jedem noch einen Tritt, sodass wir auf den Betonboden hinschlugen. Ich fiel aufs Gesicht und spürte, wie sich Sand und Kiesel in meine Haut frästen.

Aber das war okay, wir hätten uns beinahe noch bedankt, dass wir so billig davonkamen.

Die Mädchen saßen auf dem Bürgersteig, Kaya heulte vor Scham und Wut. Wir setzten uns dazu und fühlten nach, ob alles noch heil war. Außer Schürfwunden und einem nachhaltigen Schädelbrummen war nichts.

»Glück gehabt«, sagte Chris.

»Die hätten uns auch ins Krankenhaus prügeln können«, meinte Steven.

»Tut mir echt leid«, sagte Kaya. »Meine Schuld. Ich hätte nie gedacht, dass er mir hinterherkommt. Was für ein Arsch!«

Die coole Kaya mit der Berliner Schnauze, sie wirkte jetzt ganz zart und zerbrechlich. Chris legte den Arm um sie. Ich saß neben Moe und traute mich nicht, sie anzufassen. Sie hielt sich die blutende Lippe.

So saßen wir etwa eine Stunde lang. Zwanzig Meter vor uns warteten die Leute in der Schlange, rauchten nervös ihre Zigaretten, sie wollten feiern, sie wollten ihren Spaß haben, und uns ignorierten sie, so gut sie konnten. Wir waren der

Abschaum der Straße, rausgeschmissen aus dem coolsten Klub der Stadt, auf den Boden gespuckt wie der letzte Dreck.

Mir dröhnte noch der Kopf von der Maulschelle und von der unfassbar guten Musik. Mein Zeugnis fiel mir wieder ein. Die angewiderten Gesichter meiner Eltern. *Warum tust du uns das an, Lennart, warum bist du so ein Versager Versager Versager.* Die knallenden Beats in meinem Kopf wiederholten die Stimmen meiner Eltern. Dazwischen schlug Klitschko zu, schlug zu, schlug zu. Was für ein Start in die Sommerferien.

»Das war's mit dem *Berghain*«, sagte ich. »Da kommen wir im Leben nicht mehr rein.«

»Nicht, solange diese Typen die Tür machen«, sagte Chris.

»Was soll's«, sagte Moe und spuckte aus, »gibt auch andere Läden.«

Aber wir hatten für diese Nacht keine Lust mehr auf einen anderen Laden. Wir holten uns fünf Bier aus einem Spätkauf und tranken sie auf der Warschauer Brücke. Allmählich ließ der Schreck nach.

Wir liefen weiter, bogen rechts in eine stille Seitenstraße mit Kopfsteinpflaster ab und tauchten ein in die Dunkelheit. Die Gegend war menschenleer. Keine Autos mehr, keine Häuser, nur ein rostiger Zaun und dahinter ein verlassenes Fabrikgelände am Ufer der Spree. Chris musste mal. Der Zaun war zerlöchert, er bog ihn auf und schlüpfte hindurch.

»Bis gleich, Leute«, sagte er, als er sich in die Büsche schlug.

Steven und ich teilten uns das letzte Bier. Kaya und Moe

redeten. Es ist erstaunlich, was Mädchen so reden können, ihnen gehen nie die Themen aus. Sie reden über Mütter und Hundefutter, über Lindsay Lohan und den Bauch von Frau Schmelzer, unserer Mathelehrerin. Sie reden über die Sonnenuntergänge am Landwehrkanal, »voll schön irgendwie«, und wie scheiße Lipgloss aussieht und über Klamotten von H & M.

Von der *Hoppetosse* am anderen Ufer wummerten Reggaebässe, wir hörten das Lachen der Leute, die auf dem Oberdeck standen und über die Reling spuckten. Über die Oberbaumbrücke fuhren Autos und Mopeds, wir hörten sie kaum noch, wir sahen nur ihre Lichter, die kurz über das brachliegende Grundstück huschten. Es wurde kühl, und wir wollten weiter. Als Chris nach einer halben Stunde nicht zurück war, schlüpften wir auch durch den Zaun und gingen ihn suchen.

Je mehr wir uns von der Straße und vom Zaun entfernten, desto stiller und unheimlicher wurde es. Mir schien, dass das Gebäude jeden Laut verschluckte wie ein schwarzes Loch. Wir näherten uns langsam dieser Backsteinruine, die eigenartig mürrisch in den bleifarbenen Nachthimmel ragte. Auf dem Vorplatz standen verrostete Wracks von Lastern. Wir traten auf Glasscherben, die unter unseren Schuhen leise knirschten. Niemand sagte ein Wort. Keiner rief nach Chris. Keiner kam auf die Idee, ihn auf dem Handy anzurufen: »Alter, wo bist du, was machst du, wir wollen weiter.« Nicht einmal die beiden Mädchen gaben einen Laut von sich.

Die Fassade der Fabrik sah übel aus. Die Fensterscheiben

waren eingeworfen, im Erdgeschoss waren die Fenster notdürftig mit Brettern vernagelt, die Eingangstüren zugemauert. Von Chris keine Spur. Wir gingen an der Front entlang und entdeckten eine unscheinbare Treppe, die hinunterführte zu einer Kellertür. Sie stand halb offen und zog uns magisch an. Steven war der Erste, der hinunterging, gleich nach ihm Moe und Kaya.

Ich folgte als Letzter, und als ich zurücksah, hing ein graues Licht auf dem Brachland, und die Stadt schien unendlich weit weg zu sein.

3. KAPITEL

Angst beginnt an den Haarwurzeln. Wie ein kühler Hauch weht sie einem über die Haut. Der Mund ist plötzlich trocken, das Herz schlägt schneller.

Wir waren wach wie noch nie. Drei oder vier Schritte waren wir in den pechschwarzen Keller vorgedrungen. Schulter an Schulter stehend, konnten wir fast spüren, wie die Herzen der anderen schlugen. Die Dunkelheit stand wie eine Wand vor uns. Unsere Augen gewöhnten sich nur langsam an die Finsternis.

Ich hörte die anderen atmen. Nahm den Geruch von feuchtem Zement und Moos auf, als könnte ich mich an ihm entlangtasten. Ich hörte Wasser tropfen, irgendwo weit hinten, und nahm den leichten Luftzug wahr, der von der Kellertür in den undurchdringlichen Raum vor uns wehte. Neben mir stand Moe, und ich tastete nach ihrer Hand. Sie war trocken, kühl und klein.

Wir waren unfähig, auch nur einen Schritt zu tun.

»Ich will nach Hause«, flüsterte Kaya. Ihre Stimme klang flach und panisch. »Leute, ich will echt nach Hause.«

Ehrlich gesagt, ich musste mir das auch nicht weiter geben, in diese Dunkelheit zu starren, die nichts Gutes versprach. Ich wollte nur noch eine kleine Weile mit Moe stehen bleiben und ihre Hand halten. Draußen auf der Straße würde ich mich das nicht mehr trauen.

»Lasst uns umkehren, ich will hier keine Sekunde länger bleiben«, wisperte Kaya. Aber sie rührte sich nicht vom Fleck.

»Nun mach dich mal locker«, sagte Steven. »Hab mal Spaß am Leben.« Ausgerechnet Steven.

Er kicherte nervös und holte sein Handy heraus, leuchtete in die Schwärze des Kellers und dann über unsere Gesichter. Moe ließ sofort meine Hand los.

Wir sahen reichlich angespannt aus. Kaya stand kurz vor einem hysterischen Anfall. Moe hatte die Lippen zu einem dünnen Strich zusammengekniffen. Steven grinste verkrampft. Und ich – ich wäre beinahe gestorben, als hinter uns jemand die Kellertreppe heruntertrampelte.

Die Lichtbahnen zweier Handys trafen sich.

»Yo, was geht?«, sagte Chris.

Chris. Der Mann, der nur kurz mal pinkeln will und dann hundert Jahre verschollen bleibt. Wir hatten ihn so was von vergessen.

Er war natürlich von ausgesuchter Lockerheit, er war der Master of Lockerheit.

»Spielt ihr hier Verstecken? Ich hab euch gesucht.« Er ging an uns vorbei in den Keller. Das Licht seines Handys tanzte auf dem Boden, glitt über die Wände und streifte uns, die immer noch reglos dastanden.

»*Du* bist es«, sagte Kaya.

»Wer sonst. Chris is in da house«, sagte er und war schon

auf dem Weg zu einer Wendeltreppe am anderen Ende des Raumes.

»Coole Location!«, rief er.

»Meine Rede«, sagte Steven und rannte hinter ihm her durch Pfützen und Kachelscherben.

Ihre Lichter wirkten wie Stroboskoplichter, wir konnten einander nur in kurzen Sequenzen sehen. Das löste die bleierne Furcht, die uns eben noch gelähmt hatte. Moe lief Hand in Hand mit Kaya los. Steven legte einen Robotertanz hin und gab sich mit der Voice-Box die Beats dazu. Und ich zündete mir eine Zigarette an und hoffte, dass die anderen nicht mitbekamen, wie sehr meine Hände noch zitterten.

Die nächsten Stunden waren schlicht und ergreifend der Hammer. Wir erkundeten das Gebäude von unten nach oben. Die Wendeltreppe führte uns hoch zum Erdgeschoss, in eine Empfangshalle. Auf den Fliesen lag eine dicke Staubschicht, die unsere Schritte dämpfte. In der Mitte stand ein wuchtiges Empfangspult mit einem Drehsessel, dessen Polster aufgeschlitzt war. Auf dem Pult eine Zeitung und ein Haufen Nägel und ein Joghurtbecher mit Zigarettenkippen. Vermutlich liegen gelassen von den Handwerkern, die das Gebäude vor Jahren versiegelt hatten. Die Schubladen des Pults waren herausgerissen und auf den Boden gestürzt worden. Haufen von Formularen und Broschüren lagen verstreut.

Von der Rückseite der Halle führte eine weit geschwungene Treppe in den ersten Stock. Die Fenster vor dieser Treppe gingen hinaus auf die Spree, mehrere Scheiben waren zersplittert, und als wir uns hintereinander die Stufen hinauftasteten, hörten wir die Reggae-Bässe über das Wasser der Spree wehen. Dort drüben ging die Party weiter.

Wir brauchten keine Musik. Wir waren fast ehrfürchtig still. Unsere Musik war die Stille dieser Räume. Der Atem dieser desolaten Hallen und Gänge und Kammern. In unseren Ohren dröhnte das jahrelange Schweigen dieses Gebäudes, am Ende der Straße, am Ende der Zeit.

Wir wollten nirgends sein als hier, in dieser merkwürdigen verlassenen Fabrik, in diesem Gebäude, das seit Jahren wohl niemand betreten hatte und das sich über unseren Besuch gewiss wunderte, wenn nicht sogar insgeheim freute. So seltsam es klingen mag, das Gebäude schien unsere tastenden Schritte, unsere neugierigen Blicke zu erwidern.

Wir stöberten stundenlang in der Fabrik herum, gingen von Raum zu Raum, durch Fertigungshallen und Büros, entdeckten die Waschräume und Materiallager. Wir kamen aus dem Staunen nicht heraus.

»Awkward, awkward«, murmelte Chris andauernd.

Wir spähten in jede Ecke, öffneten Schränke und Schubladen. Es roch nach altem Lack, nach Zeitungen und Bier, nach kaltem Eisen und feuchtem Schimmel. Mit jedem Raum zeigte uns das Gebäude mehr von sich, gab mehr von sich preis, als hätte es nur auf uns gewartet, um endlich gesehen und gehört zu werden.

In einem hinteren Trakt entdeckten wir eine Turnhalle. Sie war in einem fiesen Türkis gestrichen, das sich großflächig von den Wänden abpellte. An den Seiten standen noch die Kletterwände. Daneben hing ein Basketballkorb, und in der Mitte der Halle lag ein zerknautschter Basketball.

»Die haben an alles gedacht«, murmelte Steven anerkennend. »Eine Halle zur körperlichen Ertüchtigung der Werktätigen!«

Er dribbelte mit dem schlaffen Basketball über das Feld, nahm ihn mit der Hacke hoch und knallte ihn volley an die Wand. Noch mehr Farbe platzte ab, riesige Staubwolken wirbelten auf, wir begannen zu husten.

»Hier müsste echt mal jemand durchfegen«, sagte Steven.

»Deine Mudda«, sagte Kaya. Und zum ersten Mal lachte sie wieder.

Es ist ein eigentümlicher Triumph, wenn man ein Gebäude ganz für sich allein hat. Offenbar waren wir die Ersten, die den Eingang gefunden hatten, denn nirgendwo waren Graffiti an den Wänden oder Überreste von zwanglosen Spontanpartys. Wir fühlten uns wie Pioniere, die einen unbekannten Kontinent entdeckten. Wir bekamen nicht heraus, was in dieser Fabrik einmal hergestellt worden war, obwohl wir jeden Winkel durchforsteten.

Meistens blieben wir zusammen; nur hin und wieder tappte einer allein in einen Raum, rüttelte an Stahlschränken und rief die anderen, wenn er was gefunden hatte. An manchen

Stellen war der Boden so marode, dass wir darauf verzichteten, weiterzugehen.

Als der Morgen dämmerte, erreichten wir den Dachboden. Das Dach war an mehreren Stellen eingebrochen. Die Ziegel lagen zerschmettert herum.

Durch die Dachsparren hindurch konnte man den grauen Himmel sehen. Der Dachboden war, abgesehen von den Ziegelhaufen, leer. Nur eine Eisenleiter an der Seite versprach ein Weiterkommen. Wir waren mittlerweile erschöpft und ziemlich müde, aber natürlich kletterten wir die Leiter hoch.

Chris stieß die Luke auf, und wir streckten uns nebeneinander auf der schwarzen Teerpappe aus. Der Himmel begann sich eben zu röten.

Moe und Kaya holten einen iPod raus, teilten sich die Ohrstöpsel und begannen auf dem Dach zu tanzen, Hüfte an Hüfte wie siamesische Zwillinge, ihre Arme wie dünne Flügel im Morgenhimmel.

Wir Jungs ließen einen Joint rumgehen.

»Aus dem Laden hier kann man echt was machen«, sagte Chris, unser Mann für grandiose Visionen. »Ein paar Teelichter aufstellen, die den Weg durch den Keller weisen, eine improvisierte Bar in der Vorhalle. Das Empfangspult ist ein super Tresen. Und in der Fertigungshalle installieren wir ein Soundsystem. Aus der Turnhalle machen wir eine Chill-out-Zone.«

»Genau«, sagte Steven. »Dann posten wir das bloß noch auf Facebook, und am nächsten Freitag kommen achthundert Vollpfosten vorbei und gleich danach die Polizei.«

»Wir sollten niemandem was davon erzählen«, sagte ich. »Keiner Menschenseele. Den Ort hier behalten wir für uns.«

Moe und Kaya hatten sich zu uns gesetzt und nickten. Wir alle gaben uns die Hand darauf.

»Kein Wort, zu niemandem.«

Als ich Moes Hand hielt und drückte, schaute sie mich mit ihren unglaublich schönen Augen kurz an.

Dann machten wir uns auf den Weg zurück. Das Licht des Morgens gab den Räumen eine fahle und feierliche Atmosphäre. Im Erdgeschoss, wo die Fenster mit Brettern vernagelt waren, tasteten sich dünne Lichtstreifen durch die Empfangshalle. Nur im Keller brauchten wir die Handylampen und Feuerzeuge. Ich konnte es kaum fassen, dass wir vor wenigen Stunden dort gestanden hatten, vor Angst zitternd, und keinen Schritt weiterwollten.

Als wir die Kellertreppe hochkamen und auf den Vorplatz stolperten, sangen die Amseln. Die dumpfen Bässe vom anderen Ufer waren noch nicht ganz verklungen. Die Luft war kühl und klar. Wir drehten uns noch einmal zum Gebäude um. Jetzt wirkte es nicht mehr mürrisch.

»Mach's gut, altes Haus«, sagte Moe.

»Wir kommen wieder«, sagte Kaya.

Als wir kurz vor dem Zaun waren, hörten wir ein Motorrad die Straße herunterkommen. Der satte Harley-Sound röhrte durch den stillen Morgen.

»Wartet mal«, sagte Chris. »Der muss uns hier nicht unbedingt sehen, wir lassen ihn vorbeifahren.«

Doch das Motorrad wurde langsamer und hielt einige Meter vor der Zaunöffnung. Die Maschine blubberte im Leerlauf. Wir duckten uns hinter den Sträuchern.

»Wachschutz«, flüsterte Steven. »Wenn der hier reinkommt, sind wir geliefert.«

Das Motorengeräusch verstummte, jemand lief auf dem Bürgersteig in unsere Richtung. Wir rannten zurück zur Fabrik und versteckten uns hinter einem Haufen alter Autoreifen. Gerade noch rechtzeitig, denn bald darauf kam ein feister Mann in Lederklamotten durch die Sträucher. Ganz sicher kein Wachschutz, denn er achtete nicht auf die Umgebung, sondern lief direkt auf die Fabrik zu. Unter dem Arm trug er eine Plastiktüte, und er beeilte sich. Wir hörten ihn die Kellertreppe herunterstampfen.

»Was sollen wir jetzt tun?«, fragte Kaya.

»Lasst uns abhauen!«, meinte Steven.

»Nein, der ist gleich zurück«, sagte Chris. »Wir bleiben hier.«

Tatsächlich dauerte es keine fünf Minuten, bis die Kellertür knarrte und der Mann wieder auftauchte. Ohne Plastiktüte. Er lief, ohne nach rechts oder links zu schauen, zurück zum Zaun. Ich erkannte ihn trotz des bleichen Morgenlichts.

Es war Eddie.

Der feiste Eddie vom *Berghain.*

Kurz darauf röhrte seine Harley auf, er legte den ersten

Gang ein und knatterte die Straße hinauf Richtung Warschauer Brücke.

»Fatboy Eddie auf einer Fatboy Harley«, sagte Steven. »Sachen gibt's, die glaubst du nicht.«

»Was hat der hier zu suchen?«, fragte Kaya. »Das ist *unser* Haus.«

»Er hat irgendwas reingebracht«, sagte ich. »Irgendwas in der Plastiktüte.«

4. KAPITEL

Katzen sind vorsichtig. Katzen sind neugierig. Am liebsten wären wir schon in der nächsten Nacht zurück zur Fabrik gegangen, um herauszufinden, was Eddie dorthin gebracht hatte. Aber wir gingen nicht zur Fabrik zurück, nicht einmal in ihre Nähe. Wir trafen uns am nächsten Abend auf der Admiralbrücke und redeten uns die Ohren heiß.

»Ich will mit diesen Türsteherarschgesichtern nichts mehr zu tun haben«, sagte Kaya entschieden. »Andererseits – das ist unsere Fabrik. Wir haben sie grade erst entdeckt. Nur weil Eddie da vorbeikommt, müssen wir doch nicht gleich den Schwanz einziehen.«

Ich dachte an die Respektklatsche von Klitschko. Mein Gesicht war nur notdürftig verheilt. Insgesamt hatten wir einfach Glück gehabt, dass er uns laufen ließ. Und Eddie würde uns nicht laufen lassen, wenn wir ihm bei seinen Geschäften in die Quere kamen.

»Ich wette, es sind Drogen oder Anabolika«, sagte Steven. »Zeig mir den Türsteher, der nicht mit irgendwas dealt. Eddie hat die Sachen da gebunkert.«

»Seine Fatboy Harley hat er jedenfalls nicht mit den Trinkgeldern finanziert«, sagte Chris.

»Wir finden das Zeug dort eh nicht«, sagte Moe. »Die Fabrik ist riesig, das kann in irgendeinem Winkel im Mauerwerk stecken. Wenn er nicht allzu blöd ist, hat er es gut versteckt.«

»Wenn«, sagte ich.

Tatsächlich hatte mich eine eigenartige Gier gepackt. Ich wollte unbedingt wissen, was er da untergebracht hatte. Wenn es Gras oder Pillen waren, dann sah ich keinen Grund, es ihm nicht wegzunehmen.

»Der kriegt doch nie raus, wer es ihm abgenommen hat«, sagte ich. »Vielleicht merkt er es nicht einmal, weil er da zwanzig Tüten mit seinem Zeug geparkt hat.«

Meine fünf Euro waren in den letzten beiden Tagen auf 37 Cent zusammengeschmolzen. Meine Eltern muffelten weiterhin herum. Es war unmöglich, sie um mehr Taschengeld zu bitten. Ich wusste, was dann kommen würde. *Geld? Räum erst mal dein Zimmer auf. Setz dich auf den Hosenboden und lern für die Schule. Geld? Für Zigaretten? Für Bier? Nach diesem Zeugnis? Und wie siehst du überhaupt aus? Prügelst du dich neuerdings?* Ich hatte echt keine Lust, sie noch mal zu fragen. Man hat ja auch seinen Stolz.

»Wenn sich was zum Verticken finden würde, wäre ich sofort dabei«, sagte ich leise.

»Du spinnst«, sagte Moe. »Da gibt's nichts. Und wenn, dann finden wir nichts. Und wenn wir was finden, dann müssen wir das nicht noch weiterverkaufen.«

»Nein, das behalten wir für uns«, sagte Steven. »Eigentlich ist das Gras der Türsteher doch bekannt für seine gute Qualität. Das genießen wir im kleinen Kreis, ganz unter uns.«

»Wenn man euch reden hört, kann man sich nur an den Kopf fassen«, sagte Chris. »Stellt euch mal vor, ihr findet da wirklich was, und während ihr noch in der Tüte von Eddie rumwühlt, kommt er rein. Der lässt euch nicht laufen. Der schlägt euch tot. Da verstehen die echt keinen Spaß.«

Wir nickten. Chris hatte recht. Dann sahen wir uns an und begannen zu lachen. Die Sonne ging hinter dem Urbanhafen unter und spiegelte sich auf dem Landwehrkanal. Wer nicht in die Ferien gefahren war, der chillte hier, bis es Zeit war, in einen Klub zu gehen. Wir aber mussten unbedingt über Gras und Pillen reden, die wir gern einem feisten Türsteher abnehmen wollten.

So redeten wir jeden Abend. Fünf Tage lang. Und dann hielten wir es nicht mehr aus.

Am sechsten Tag trafen wir uns kurz vor Mitternacht beim *Burgermeister*. Die Ecke am Schlesischen Tor war wie üblich gut bevölkert, alle Leute waren in Partylaune. Wir nicht. Wir waren so angespannt, dass wir nur einen halben Cheeseburger runterbrachten. Wir gingen nicht auf eine Party, sondern wir wollten in die Fabrik. Keinem von uns war wirklich wohl dabei. Kaya kaute an ihren Fingernägeln vor Aufregung. Moe hatte eine gelangweilte Miene aufgesetzt, als ginge sie das alles nichts an. Aber sie waren alle gekommen, und ich wusste, sie waren bereit.

»Wir können es so machen, dass einer von uns Eddie im Auge behält«, schlug Steven vor. »Er stellt sich in die Warteschlange vorm *Berghain* und beobachtet ihn. Solange Eddie dort ist, kann er uns in der Fabrik nicht in die Quere kommen.«

»Geniale Idee«, sagte Chris. »Mal davon abgesehen, dass wir uns im *Berghain* nicht mehr blicken lassen sollen. Schon vergessen?«

Beide hatten noch Schürfwunden im Gesicht vom letzten Freitag.

»Ich geh da garantiert nicht mehr hin«, sagte Kaya.

»Ich auch nicht«, sagte Moe.

Steven wollte es schließlich selbst machen. Vielleicht hatte er einfach zu viel Angst, mit uns in die Fabrik zu gehen.

»Zwischen den zweihundert Leuten, die da warten, erkennt mich niemand. Ich bleibe immer in der Menge. Wenn Eddie losfährt, rufe ich euch an. Dann könnt ihr rechtzeitig verschwinden.«

Damit waren wir einverstanden. Er schwang sich auf seine Zündapp und winkte uns beim Wegfahren zu.

Eine Viertelstunde später rief er uns auf dem Handy an.

»Alles easy. Eddie steht vorn und macht die Tür. Ihr könnt gehen. Ich ruf an, wenn er wegfährt.«

»Hoffentlich kommt er klar«, sagte Chris, als wir über die Oberbaumbrücke liefen. Steven fehlte uns, wir waren einer zu wenig. Andererseits waren wir froh, dass Eddie uns nicht überraschen konnte, während wir in der Fabrik herumstöberten. Wir gingen hoch zur Warschauer Brücke, sahen die

S-Bahnen einfahren und einen schmalen ICE zur Nachtfahrt nach Paris aufbrechen. Hunderte von Leuten kamen die Treppen hoch und liefen in Richtung *Berghain*.

In der Seitenstraße war es wie am letzten Freitag unwirklich still. Wir liefen die Straße entlang, bis wir zum Zaun kamen und die Öffnung sahen. Die Straßenlaternen gaben nur ein trübes gelbes Licht. Gegenüber schienen die meisten Wohnungen verlassen, aus anderen Fenstern schimmerte das bläuliche Fernsehlicht. Wir sagten nichts, sondern schlüpften durch die Öffnung des Maschendrahts und schlichen gebückt zur Fabrik. In diesem Moment kam mir die ganze Aktion albern und hirnrissig vor. Am liebsten wäre ich umgekehrt. Doch da war es längst zu spät.

Wir betraten den Keller. Diesmal hatten wir Taschenlampen dabei und leuchteten jeden Winkel aus. Es war nichts weiter als ein öder, leer geräumter Keller. Betonboden, verputzte Wände, zwei vergitterte Fenster, die zu Lichtschächten führten.

Kaya und Moe gingen voraus zur Wendeltreppe. Die eisernen Stufen gaben ein müde schepperndes Geräusch von sich, als wir nach oben liefen.

»Eddie war nur fünf Minuten hier drin«, flüsterte Chris. »Er kann nicht weit gegangen sein.«

»Er wusste eben, wo er sein Zeug ablegt«, sagte Moe.

»Vielleicht hier in der Eingangshalle«, sagte Kaya.

Die Halle sah nicht anders aus, als wir sie in der ersten Nacht vorgefunden hatten. Die Schreibtische ausgeräumt, einige Haufen mit alten Formularen, zwei Aschenbecher. Wir durchsuchten die beiden Schreibtische, hoben die Papiere hoch, klopften den Sessel ab. Moe und Kaya leuchteten in jeden Winkel.

Wir arbeiteten schnell, weil wir nicht wussten, wie viel Zeit uns blieb. Je länger wir suchten, desto mehr gerieten wir in diese Verzweiflung, die jeder kennt, der etwas sucht. Irgendwo musste es doch sein – und mit jeder Minute schwindet die Hoffung, und mit jeder Minute wächst die Entschlossenheit, es dennoch zu finden.

Wir gingen hinüber zur Turnhalle. Der Basketball lag noch dort, wo Steven ihn hingekickt hatte. Nichts war verändert. Sogar die Bässe, die vom Reggae-Klub über die Spree kamen, schienen die gleichen zu sein. Wir liefen noch mal runter in den Keller, um zu checken, ob wir nicht etwas übersehen hatten, einen Spalt im Mauerwerk, eine Tür, die in einen anderen Gang führte.

Nichts.

Die ganze Fabrik schien den Atem anzuhalten, sie schien uns zu belauern, um herauszufinden, wie blöd oder klug wir uns anstellten. Sie wusste um ihr Geheimnis, aber einen Hinweis gab sie uns nicht.

»Das bringt doch nichts«, sagte Kaya nach einer Stunde.

»Hab ich doch gleich gesagt«, meinte Moe.

Ich hatte ebenfalls jegliche Hoffnung verloren. »Dann lasst uns gehen.«

Trotzdem ärgerte es mich total, dass wir nicht so schlau waren, Eddies Versteck zu finden.

»Ich bin sicher, wir sind schon dreimal dran vorbeigelaufen«, sagte Chris. »Ich will jetzt nicht aufgeben.«

Wir kletterten aufs Dach, um eine Pause zu machen. Der Blick über die nächtliche Stadt war umwerfend, aber wir achteten nicht darauf. Wir grübelten, wo wir noch suchen könnten.

»In der Werkshalle waren wir noch nicht«, sagte Moe.

Da klingelte Kayas Handy. Es war Steven.

»Eddie ist losgefahren. Seht zu, dass ihr verschwindet. Ich fahre hinter ihm her. Wir treffen uns auf der Oberbaumbrücke.«

Wir beeilten uns, vom Dach zu kommen. Ich schätzte den Weg ab, den wir vor uns hatten, und die Zeit, die Eddie brauchte, bis er am Zaun wäre. Zehn Minuten sicherlich, das war genug für uns, um rauszukommen.

Im Erdgeschoss hielt Chris an. »Ich kann hier nicht raus, ehe ich nicht in die Werkshalle geschaut habe. Nur eine Minute. Sonst ärgere ich mich schwarz.«

»Du hast einen an der Waffel«, sagte ich. Aber ich kehrte um und folgte ihm, Kaya und Moe kamen mit.

Eine Minute kann sehr lang sein. Wir zählten die Sekunden herunter, als wir im Laufschritt durch die leere Halle rannten. Natürlich war sie leer. Kabel lagen herum, sonst nichts. Die Deckenlampen waren herausgerissen und an den Seiten gestapelt. Hinten gab es noch zwei Abstellkammern. Chris lief voraus, er wirkte wie ein Spürhund, der seine Beute verfolgt. Er steckte seinen Kopf in den ersten Raum. Nichts.

»Komm jetzt, die Minute ist um!«

Ich horchte schon nach draußen, ob ich das Röhren einer Harley Davidson hörte. Doch es blieb still. Wir hatten noch den Weg durch den Keller und über den Vorplatz vor uns, wir mussten durch den Zaun schlüpfen und außer Sichtweite kommen, ehe Eddie eintraf.

»Komm jetzt! Wir müssen raus hier!« Kaya klang panisch.

Von Chris kam keine Antwort. Er stand vor der zweiten Abstellkammer und lugte hinein. In diesem Moment schien sein Körper zu erstarren. Die Taschenlampe fiel ihm aus der Hand. Er hob sie nicht auf.

»Chris! Hör auf rumzualbern!« Kayas Stimme gellte durch die Halle.

Er drehte sich langsam um und schaute uns an. Sein Gesicht war aschfahl. Er ging einen Schritt auf uns zu, dann gaben seine Knie nach, und er sackte zusammen. Er wollte uns etwas sagen, doch sein Mund öffnete sich nicht.

Ich war als Erster bei ihm und versuchte ihm aufzuhelfen. Seine Taschenlampe lag auf dem Boden und leuchtete in die Kammer hinein. Und da sah ich es auch.

Unter einer Abdeckplane schauten zwei Füße hervor. Die Füße eines Menschen. Nackt. Die Stiefel standen daneben, die Socken darüber, als hätte er sich sorgfältig ausgezogen. Als hätte er sich dann unter die Plane gelegt, um zu schlafen.

Aber da war der rostrote Blutfleck an der Wand.

Und der Geruch.

Es war meine erste Leiche. Die Zeit schien stillzustehen. Was ich bisher vom Leben wusste, galt jetzt nichts mehr. Eine Welle von Übelkeit wuchs in meinem Bauch, schwoll an und drängte hinauf in den Hals. Ich konnte den Blick nicht abwenden von den wächsernen Füßen, ich konnte die Welle in meinem Bauch nicht aufhalten. Sie schoss meinen Hals hinauf und füllte meinen Mund, und ich kotzte auf den Boden.

5. KAPITEL

Die Mädchen holten uns raus. Eigentlich war es Moe. Sie schüttelte Chris, bis er aus seiner Starre erwachte.

»Steh auf«, sagte sie, »wir müssen hier weg.«

Chris stöhnte wie eine kranke Katze.

»Steh auf, Mensch«, sagte Kaya. »Ich will hier raus, bevor Eddie kommt.«

Sie stand am Fenster und sah durch die zersplitterten Fensterscheiben auf den Vorplatz. »Und mach die Lampe aus!«

Chris rappelte sich langsam auf. Dann spürte ich Moes Hände auf meinen Schultern.

»Geht's?«, fragte sie leise.

»Passt schon«, sagte ich.

Wir schalteten die Taschenlampen aus. Anfangs war ich froh über die Dunkelheit. Die Abstellkammer mit dem Leichnam schien verschwunden zu sein. Vielleicht hatten wir auch nur ein Gespenst gesehen. Die Füße einer Schaufensterpuppe. Irgendeinen fiesen Scherz. Aber tief in meinem Bauch wusste ich, dass dort hinten in der Kammer immer noch die Leiche lag, und mein Bauch wütete gegen dieses Wissen.

Moes Hände lagen noch auf meinen Schultern, sie holten mich in die Gegenwart zurück.

»Wir müssen weg«, sagte sie.

Draußen war es still. Wir spähten durch die zerschlagenen

Fenster auf den Vorplatz. Dort regte sich nichts. Aber Eddie war überfällig.

»Ich geh da jetzt nicht runter«, sagte Kaya entschieden. »Um nichts in der Welt laufe ich diesem Kerl entgegen.«

»Hier können wir nicht bleiben«, sagte ich. Wohin auch immer, ich wollte weg.

»Wir gehen aufs Dach«, sagte Moe. Sie redete schnell und entschlossen. »Eddie weiß nicht, dass jemand hier ist. Er wird die Fabrik nicht absuchen, er will nur was bringen oder holen. Die paar Minuten lassen wir ihm, und wenn er weg ist, können wir nach Hause gehen.«

Es war eine gute Entscheidung, aufs Dach zu gehen. Wir legten uns flach auf die Teerpappe und schauten in den Nachthimmel. Er war unendlich groß und unendlich still. Es war, als hielte er seine schützende Hand über uns.

Wie lange wir dort lagen, ist schwer zu sagen. Eine Viertelstunde, eine halbe Stunde, eine ganze Stunde vielleicht. Mein Bauch hatte sich beruhigt, aber meine Arme und Beine zitterten. Das Zittern lief durch mich hindurch, und je mehr ich versuchte, es zu unterdrücken, desto heftiger kam es zurück. Mir war heiß, dann plötzlich eiskalt. Irgendetwas stimmte nicht mit mir. Irgendetwas stimmte mit der ganzen Welt nicht mehr.

Ich hätte gern eine Zigarette geraucht, doch das traute ich mich nicht. Ich schaute in den Himmel, über dem ein dünner Wolkenschleier lag. Dahinter kamen hin und wieder die Sterne hervor.

Unter uns lag die Stadt mit ihren Straßen und Häusern, den Wohnungen und Treppen und Kellern, mit ihren drei Millionen Leuten, die jetzt schliefen oder noch unterwegs waren. Irgendwo da unten war Eddie auf seiner Harley. Und wir hier oben, auf dem Dach einer verlassenen Fabrik, die jetzt ein Totenhaus war.

Chris hatte sich auf die Seite gerollt und die Arme und Beine angezogen wie ein Embryo. Kaya streichelte seinen Rücken, seinen Kopf und redete leise auf ihn ein. Moe saß etwas abseits von uns, gegen einen Schornstein gelehnt, die Beine angezogen, ihr Kopf lag auf den Knien, aber sie wirkte unglaublich wach. Wir lauschten auf die Straßen, auf ein Motorengeräusch. Fast sehnten wir es herbei. Doch die Straße blieb still.

Plötzlich klingelte Kayas Handy.

»Wo zum Teufel seid ihr?«, fragte Steven.

»Du hast mich grad zu Tode erschreckt«, sagte Kaya. »Wir sind noch hier. Wo bist du?«

»Auf der Oberbaumbrücke, ihr Penner, wie verabredet. Ihr solltet seit einer Stunde hier auf mich warten!«

»Wo ist Eddie?«, fragte Kaya.

»Der steht wieder an der Tür vom *Berghain*. Erzähl ich euch später. Ich komm vorbei.«

Fünf Minuten später hörten wir das helle Knattern seiner Zündapp in der Straße, und wir liefen runter.

Ich achtete nur auf die Treppe vor mir, hatte einen Tunnelblick auf die nächste Stufe, den nächsten Absatz, ich wollte nicht daran denken, was in der Kammer der Werkshalle lag. Wenn ich nicht dran dachte, war es vielleicht nicht da. Ich wollte zurück in die normale Welt, und vermutlich ging es Moe, Kaya, und Chris genauso. Die Lichtkegel unserer Taschenlampen flitzten durchs Treppenhaus, uns war es egal, ob jemand uns von draußen sehen konnte, wir wollten nur raus. Durch den Keller, über den Vorplatz, durch die Büsche und Sträucher und endlich durch den Zaun.

Steven wartete auf uns. Seelenruhig.

»Ihr wollt mich verarschen«, sagte er eine halbe Stunde später. Wir saßen auf dem Bürgersteig vor einem Spätkauf. Kaya hatte eine Flasche Tequila besorgt. Wir saßen am Rinnstein und ließen die Flasche wandern. Das Zeug schmeckte grauenhaft und brannte in meiner Kehle, aber genau das brauchte ich jetzt. Meine Hände zitterten immer noch.

Steven weigerte sich schlicht, uns zu glauben. Er war felsenfest davon überzeugt, dass wir verabredet hatten, ihn auf den Arm zu nehmen. Chris hatte zuerst erzählt, was geschehen war. Er hatte beschrieben, was er in der Kammer gesehen hatte. Noch nie war er so ernst, so erschüttert gewesen. Nichts mehr mit King of Swing. Er war immer noch am Boden zerstört.

Aber Steven glaubte ihm nicht.

Dann hatte Kaya erzählt.

Dann Moe.

Dann ich.

So schwer es uns fiel, noch mal die Bilder aufzurufen, wir hatten ihm alles bis ins Kleinste geschildert.

»Ihr wollt mich verarschen«, sagte Steven. »Und jetzt könnt ihr damit mal aufhören.«

»Schön wär's«, sagte Moe.

Da begann Kaya zu weinen. Sie hielt die Flasche noch in der Hand, als ihre Tränen kamen. Ihre Augen wurden dick. Sie wurde vom Weinen und Schluchzen richtig geschüttelt. Und neben ihr heulte Chris. Ich senkte den Kopf, weil ich selbst nahe daran war. In diesem Moment war mir die Welt ein hässlicher, verlassener, endlos trauriger Ort.

Steven sah uns entsetzt an. »Erzählt noch mal von vorn«, sagte er.

»Chris wollte noch mal in die Werkshalle gehen«, fing Moe an. »Wir hatten alles abgesucht. Nichts gefunden. Nada. Dann kam dein Anruf, und wir waren schon auf dem Weg nach draußen. Und Chris wollte nur noch kurz in der Werkshalle nachsehen. Nur eine Minute.«

»Die Halle war leer«, sagte Chris. Er schniefte und fuhr sich über das Gesicht. »Hinten waren noch die beiden Abstellkammern. Die erste war auch ziemlich leer, nur Gerümpel. In der zweiten Kammer sah ich dann die Plane, und darunter lag jemand. Ich sah die Füße. Sie waren nackt. Eine Hand war ebenfalls zu sehen, eine dreckige wächserne Hand, die unter der Plane hervorlugte. Zuerst dachte ich: ein Penner.«

»Aber der Geruch«, fuhr ich fort. »Irgendwie süßlich und

verrottet, du willst sofort kotzen. Und dann habe ich den Blutfleck an der Wand gesehen.«

Kaya sagte nichts, sie weinte immer noch.

Diesmal hatte Steven wirklich zugehört. Er schwieg, rauchte eine Zigarette und drückte sie nach der Hälfte aus.

»Wir müssen die Polizei anrufen«, sagte er schließlich. »Egal, was da passiert ist, die müssen Bescheid kriegen und die Leiche rausholen.«

Wir gaben darauf keine Antwort.

»Wo warst du eigentlich?«, fragte Chris.

»In Lichtenberg«, sagte Steven. »Ich bin Eddie gefolgt. Er fährt wie ein Henker, aber ich bin drangeblieben. Vor allem, als ich merkte, dass er nicht zu unserer Fabrik fuhr, sondern einen ganz anderen Weg nahm. Raus nach Lichtenberg, wo früher die Stasi-Zentrale war. Dahinter ist ein riesiges verlassenes Fabrikgelände. Eine ehemalige Fleischfabrik und eine Backfabrik. Eddie hatte einen Schlüssel für das Tor, ist rein, kam nach einer Viertelstunde wieder und ist zurückgefahren zum *Berghain*.«

Wir stöhnten innerlich auf. Da hätten wir ganz bequem rausspazieren können, statt Panik zu schieben.

»Was hatte er dabei?«, fragte Kaya.

»Weiß ich nicht«, sagte Steven. »Hab hinter einer Bushaltestelle gewartet, ziemlich weit weg.«

»Fleischfabrik«, sagte Chris. »Klingt gut. Müssen wir uns mal ansehen.«

»Never ever«, sagte Kaya.

»War ein Scherz«, sagte er und stupste sie in die Seite. »Ich gehe heute nirgends mehr hin. Ich gehe nur noch ins Bett.«

»Wir müssen die Polizei anrufen«, sagte Moe. »Wir können die Leiche doch nicht einfach dort liegen lassen.«

»Ja, mach das mal«, sagte ich. »Die fragen dich sofort, was du dort zu schaffen hast. Dann hast du eine Anzeige am Hals wegen Hausfriedensbruch. Jugendgericht. Zweihundert Sozialstunden. Kloputzen im Seniorenheim. Wolltest du doch immer schon machen.«

Moe sah mich giftig an. »Das sagt der Richtige. Du wolltest doch gestern noch mit Eddies Zeug dealen.«

Da hielt ich den Mund.

»Ich ruf an«, sagte Steven. »Vielleicht geht's ohne Namen. Ich weiß ja von nichts. Ich sag einfach nur, dass da eine Leiche liegt.«

»Die lachen dich aus«, meinte Chris.

Wir waren zu müde und zu betrunken und zu durcheinander, um weiter zu streiten. Wir gingen nach Hause.

Meine Eltern schliefen noch, als ich nach Hause kam. Die Wohnung war mir so fremd, als hätte ich ein Jahr im Ausland verbracht. Ich machte mir ein Käsebrot, trank ein Glas Milch, ging ins Bett und schlief sofort ein.

Und dann kamen die Träume.

Meine Mutter steht in der Zimmertür und weckt mich zur Schule. »Aufstehen, Lennart, aufstehen!« Ihr Mund bewegt sich in Zeit-

lupe, sie ruft: »Nimm deine Kapuze runter, und schau mich an, wenn ich mit dir rede! Wirf deine Kippen weg! Und räum dein Zimmer auf!« Ihre Stimme hat einen verschwommenen, nebligen Nachhall.

Ich stehe auf, gehe duschen, das Wasser prasselt auf meine Haut, warm und kalt. Ich höre meine Mutter aus der Küche rufen: »Du räumst jetzt sofort dein Zimmer auf, oder ich schmeiße deinen Kram auf die Straße!« Ich trockne mich ab und suche mir neue Klamotten zusammen.

Mein Zimmer sieht echt schlimm aus. Der Schreibtisch ist eine Müllhalde, voller Schulsachen, Klausuren, BVG-Mahnungen, alter Brote, Müslischalen, Kaffeetassen. Der Aschenbecher ist übergelaufen. Auf meiner Couch liegt ein Berg von Klamotten, die dringend gewaschen werden müssen. Ich nehme sie runter, sortiere sie, zuletzt ein altes, fleckiges Bettlaken.

Als ich es hochnehme, liegt darunter ein Mann. Seine Füße sind nackt. Sein Mund steht offen und zeigt gelbe Zähne. Er atmet nicht mehr. Seine toten Augen starren mich an. Dann hebt er langsam eine wachsbleiche Hand und greift nach mir …

Mit einem Ruck wachte ich auf. Nur ein Traum, nur ein Traum.

6. KAPITEL

In den nächsten Tagen fühlte ich mich so, als ginge ich auf brüchigem Eis. Als könnte jeder Schritt der falsche sein oder der letzte. Als könnte ich jederzeit einbrechen und versinken im eiskalten Wasser.

Dabei war doch Sommer. Ein Juli mit heißen Tagen und warmen Nächten. Die Linden blühten in unserer Straße. Am Landwehrkanal saßen die Studenten mit ihren Bierflaschen und schauten den Boule-Spielern zu. Alle hatten Ferien. Die kleinen Kinder hockten auf den Gehwegen und malten mit Straßenkreide ihre Hüpffelder auf. Sogar die Kassiererinnen in den Supermärkten und die Busfahrer waren entspannt. Es waren wundervolle Sommertage, jedenfalls äußerlich. Innerlich tastete ich mich am Rande eines Schreckens entlang, den ich noch nicht benennen konnte. Wenn ich an den Anblick des toten Mannes dachte, wurde mir plötzlich kalt. Ich lief mit gesenktem Kopf durch die Straßen und kam mir vor wie im falschen Film.

Genau in diesen Tagen beschlossen meine Eltern, allein nach Italien zu fahren. Sie hatten keine Lust, mich mitzunehmen, und verkauften es mir als Erziehungsmaßnahme wegen der schlechten Noten.

»Wir hoffen, dass du die Zeit hier nutzt, um dich intensiv

auf das kommende Schuljahr vorzubereiten«, sagte mein Vater am letzten Abend. »Bei entsprechenden Leistungen können wir in den Herbstferien noch mal überlegen. Aber jetzt wird von dir eine Reaktion erwartet. Dass du die Herausforderung annimmst und dein Potenzial abrufst.«

Er redete manchmal gern wie ein Regionalliga-Trainer.

Meine Mutter sagte bloß: »Wenn ich wiederkomme, will ich hier kein Schlachtfeld vorfinden. Ich habe keine Lust, die Wohnung nach deinen Partys zu putzen. Und gieß meine Blumen!«

Immerhin ließen sie mir zweihundert Euro da, damit ich über die Runden käme.

»Geh verantwortungsvoll damit um«, sagte mein Vater.

»Keine Drogen, Lennart«, sagte meine Mutter. »Du trinkst eh schon zu viel Bier.«

Ich hatte den Eindruck, dass sie auf mir herumhackten, weil sie ein schlechtes Gewissen hatten, ohne mich zu fahren.

»Ich komm schon klar«, versprach ich. »Macht euch um mich keine Sorgen.«

Sie schauten mich eigenartig an, als müssten sie sich jeden weiteren Kommentar verkneifen.

Ich war froh, als sie endlich aus der Wohnung waren. Jetzt konnte es doch noch ein richtig schöner Sommer werden. Ich hatte schulfrei, war fast so reich wie Bill Gates und hatte die Wohnung für mich allein.

Dennoch schwand dieses eigenartige Gefühl nicht, dass ich auf brüchigem Eis unterwegs war. Nicht nur ich, sondern wir alle – Chris, Steven, Kaya und Moe auch.

Kaum waren meine Eltern fort, wurde es mörderisch heiß. Tagsüber brannte die Sonne unaufhörlich. Die Wohnung heizte sich auf, die Luft stand warm und brütend in den Räumen, kein Windhauch regte sich. Anfangs goss ich noch die Blumen meiner Mutter, aber nachdem ich es zweimal vergessen hatte, hingen sie gelb und vertrocknet in den Töpfen, und ich gab es auf.

Die Wohnung gähnte Hitze.

Auf dem Küchentisch zerfloss die Butter, und die Milch wurde innerhalb von Stunden sauer und klumpig. Ich ließ sie stehen. Bei 33 Grad bewegt man sich nicht gern.

Die Seiten der Schulbücher, die mein Vater mahnend herausgelegt hatte, wellten sich im Sonnenlicht. Ich ließ sie liegen. Bei 33 Grad lernt man nicht gern.

Auch nachts war es kaum weniger heiß, an Schlaf war nicht zu denken. Ich lag nackt und verschwitzt auf dem Laken und horchte auf das Sirren der Mücken. Schlafen wollte ich ohnehin nicht; in den letzten beiden Nächten hatte ich wieder von den staubigen Füßen der Leiche geträumt und war jedes Mal mit trockenem Mund aufgeschreckt. Erst morgens, wenn die Vögel im Hinterhof wieder zu zwitschern begannen, wurde ich so müde, dass ich die Augen nicht mehr offen halten konnte. Und so schlief ich bis in die Nachmittage hinein.

Täglich durchsuchten wir die Zeitungen nach einer Meldung zum Fund der Leiche. Steven hatte bei der Polizei angerufen und ihnen erzählt, was er wusste. »Aus einer Telefonzelle.

Meinen Namen habe ich nicht gesagt, was der Typ am Telefon nicht so gut fand. Er hat dreimal nachgefragt.«

Es dauerte vier Tage, bis die Nachricht in der Zeitung stand, hinten im Lokalteil:

> **WER KENNT DIESEN MANN?**
>
> Am 7. Juli wurde der Leichnam eines unbekannten Mannes in einer stillgelegten Fabrik in der Revaler Straße aufgefunden. Die Polizei geht von einem Gewaltverbrechen aus. Zur Klärung der Identität des Mannes bittet sie um Hinweise aus der Bevölkerung.

Daneben war ein Phantombild des Mannes abgedruckt, winzig klein. Wir sahen zum ersten Mal sein Gesicht. Er trug ein Ziegenbärtchen, hatte starke Augenbrauen und eine eingedrückte Nase.

»Über Eddie hast du zu den Polizisten nichts gesagt?«, fragte Chris.

»Wieso sollte ich?«

»Er war da.«

»Du warst auch da«, sagte Steven. »Du weißt doch nichts von Eddie. Alles nur Vermutungen. Vielleicht hat er da was gebunkert, vielleicht irren wir uns auch.«

»Na sicher irren wir uns. Eddie wollte da nur spazieren gehen mit seiner Plastiktüte.« Kaya sah Steven kopfschüttelnd an.

»Ich meine bloß, vielleicht hat er nichts mit der Leiche zu tun. Du kannst ihn doch nicht einfach beschuldigen.«

Moe sagte: »Wir sollten herausfinden, was Eddie da treibt.«

Wir anderen zeigten ihr einen Vogel.

Aber die Sache ließ uns keine Ruhe. Eines Abends gingen wir in die Revaler Straße und schauten uns um. Der Zaun war gesichert und mit rot-weißem Band abgesperrt. Auf dem Bürgersteig patrouillierte ein Wachbeamter. Wir blieben auf der anderen Seite der Straße und spähten hinüber zur Fabrik. Sie wirkte entrückt, unerreichbar.

»Das war's dann wohl«, sagte Chris. »Da kommen wir nicht mehr rein. Ist vielleicht auch besser so.«

Ich dachte an unsere erste Nacht dort, als wir die Fabrik für uns entdeckt hatten. An den Moment, als ich Moes Hand gehalten hatte. An die Stille der Räume, die unseren Schritten zu lauschen schienen. An die Morgenröte oben auf dem Dach.

»Schon schade«, sagte ich. Und Moe nickte.

An diesem Abend versuchten wir uns abzulenken und gingen zu einigen Klubs, um zu tanzen. Um das *Berghain* machten wir einen großen Bogen.

Doch auch überall sonst wurden wir abgewiesen. Egal, wen die Türsteher sonst reinließen, wir kamen nicht an ihnen vorbei. Es war wie verhext. Sie schienen nur auf uns zu warten. Die ersten Male nahmen wir es nicht persönlich. Passiert doch jedem, früher oder später, hin und wieder. Also zogen wir weiter, stellten uns in eine andere Warteschlange, rückten langsam vor, bis uns die Türsteher wegschickten.

»Ihr kommt hier nicht rein.«

»Geschlossene Gesellschaft.«

»Ihr müsst auch nicht wiederkommen. Feiert woanders.«

Allmählich hatten wir die Hackfressen satt. Nach dem fünften Klub gaben wir auf.

»Verdammte Schweinebande«, sagte Kaya. »Ich will ja keine Paranoia schieben, aber das geht zu weit. Und es entspricht nicht gerade dem, was ich mir unter Sommerferien vorstelle.«

»Die mögen uns nicht«, sagte Moe.

»Wer sind *die*?«, wollte Steven wissen. »Und woher kennen die uns? Haben wir denen was getan? Sehen wir so scheiße aus? Sind wir so knülle, dass wir nicht mehr laufen können? Haben die irgendeinen Grund, uns nicht reinzulassen?«

Aus reiner Sturheit versuchten wir es noch in zwei weiteren Klubs, doch sobald die Türsteher uns sahen, versteinerten ihre Mienen. Sie ließen uns nicht rein.

»Haut ab«, sagten die einen, »und lasst euch hier nie wieder blicken.«

»Ihr steht auf der Liste«, sagten die Nächsten. »Wenn ihr hier noch mal aufschlagt, dann holen wir die Quarzer.«

Chris meinte später, dass sie wahrscheinlich von Klitschko und seiner Gruppe instruiert worden waren.

»Das Türsteher-Kartell«, so nannte er es. »Die kennen sich alle untereinander. Haben sich die Läden aufgeteilt. Sind auch sonst gut im Geschäft, was Drogen und Anabolika angeht. Die meisten von ihnen gehören zu den *Bandidos*.«

»Eddie«, sagte Kaya sofort. »Der speckige Eddie ist auch einer von ihnen.«

»Oder will es zumindest werden«, sagte Moe.

Am Dienstagabend trafen wir uns bei Steven im *Anfall*. Wir setzten uns an die Theke, stemmten die Arme auf das Holz, starrten auf das Logo unserer Biergläser und warteten darauf, dass die Hitze draußen nachließ.

Hier war es kühl und ruhig; einige Leute rappelten am Kicker, zwei zockten am Billardtisch. Steven hielt uns mit Bier frei, und weil wir eh nicht wussten, was wir tun wollten, war dies der beste Orte, den wir uns denken konnten. Die Hitze tagsüber hatte uns alle fertiggemacht und ausgedörrt, jetzt brauchten wir viel Bier, um unseren Flüssigkeitshaushalt wieder auszubalancieren. Chris träumte vor sich hin, Moe und Kaya zeigten sich gegenseitig irgendwelche Handyfotos, und ich genoss einfach diesen Moment der Ruhe.

Jedenfalls blieb es still und entspannt, bis draußen ein Schwall von Motorradgeräuschen aufbrandete. Das dunkle Blubbern von Harleymaschinen, die vor der Kneipe anhielten. Kurz danach kamen sieben Männer rein, grußlos. Schwerbäuchige Altrocker mit Biker-Kutten. Und wer schlurfte hinterher, mit seinem feisten Grinsen? Die Daumen in die Laschen seiner Lederhose geklemmt?

Eddie.

Der kleine Klops vom *Berghain*. Der Möchtegernboss. Eddie mit seinen kleinen Schweinsaugen, die einen träge und durchdringend zugleich musterten. Eddie, der in verlassenen Fabriken irgendwas bunkerte.

»Frag ihn mal nach dem toten Mann in der Fabrik«, murmelte ich, als Steven losging, um die Bestellungen aufzunehmen.

»Und was er in der Fleischfabrik zu suchen hat«, fügte Kaya hinzu.

Wir waren plötzlich wie elektrisiert. Was hatte Eddie hier zu suchen?

Steven verhielt sich völlig professionell. Er fragte die Rocker, was sie wollten, zapfte sieben Biere und brachte sie ihnen in das Nebenzimmer, wo sie sich breit niedergelassen hatten. Dort hockten sie eine ganze Stunde lang herum, sieben lederschwarze Klumpen, die meisten glatzköpfig, und steckten die Köpfe zusammen. Eddie mitten unter ihnen. Wenn ein älterer Rocker eine Bemerkung machte, war es natürlich Eddie, der am lautesten lachte. Sein Lachen erinnerte an das heisere Kläffen einer Hyäne.

Wir saßen wie vorher an der Theke, aber jetzt schielten wir dauernd über die Schulter in das Nebenzimmer.

»Wüsste echt gern, was die da reden«, murmelte Chris.

»Geh doch rein und setz dich dazu«, schlug Kaya vor.

»Geh doch selber«, sagte er.

Wir starben vor Neugier. Aber wir wollten uns nichts anmerken lassen. Deshalb senkten wir die Köpfe über unsere Biergläser, als Eddie nach einer Stunde an die Theke kam. Er beachtete uns nicht. Und Steven schien er nicht wiederzuerkennen. Bei den aberhundert Gesichtern, die jede Nacht vor dem *Berghain* an ihm vorbeiglitten, war das kein Wunder. Eddie winkte Steven zu sich heran und kam gleich zur Sache.

»Schöner Laden hier«, sagte er mit seinem Hyänengrinsen.

Steven nickte.

»Wirft sicher gut was ab«, setzte Eddie seine Komplimente fort.

»Geht so«, sagte Steven.

»Hoffe, ihr habt hier nicht viel Ärger«, sagte Eddie.

»Wir haben überhaupt keinen Ärger«, sagte Steven.

»Das kann sich ja manchmal schnell ändern«, sagte Eddie. Er stand breitbeinig vor Steven und hatte einen Oberarm lässig auf den Tresen gelegt, als wäre er hier zu Hause.

Steven begriff nicht, worauf Eddie hinauswollte. Wir anderen, die wir mit abgewandten Gesichtern zuhörten, schon.

»Unser Publikum ist super«, beharrte Steven, »die trinken ihr Bier und reden und spielen, und fertig.«

»Das kann sich ja schnell mal ändern«, wiederholte Eddie mit einem fiesen Grinsen. Er zeigte seine Stummelzähne. Man sah, dass er sie seit einigen Wochen nicht geputzt hatte.

»Braucht ja nur mal einer auszuticken. Wenn der nicht schnell unter Kontrolle gebracht wird, haut er dir den Laden zu Klump. Der schmeißt dir die schöne Fensterscheibe ein. Wischt dir deine tolle Whiskyflaschen-Sammlung vom Altar. Wäre doch schade, oder? Und dann kommt der Typ in der nächsten Woche wieder und zieht die gleiche Nummer noch mal ab. Muss doch nicht sein, oder?«

Steven wurde der Gesprächsverlauf unheimlich, er sagte: »Was willst du eigentlich? Willst du mir hier was verkaufen, oder wie soll ich das verstehen?«

»Kluger Junge«, sagte Eddie. »Wir bieten euch ein umfangreiches Sicherheitspaket an. Wir sind ein verlässlicher Partner an eurer Seite und bieten größtmögliche Effizienz: Keinen Ärger mehr.«

»Wer soll das sein, *wir*?«, fragte Steven.

Eddie wies mit dem Daumen ins Nebenzimmer: »Unsere Crew. Ausgewiesene Fachleute für Wachschutz und Security.«

Die sechs anderen Glatzköpfe schauten kurz auf. Ihre Blicke wirkten nicht vertrauenerweckend, sondern einfach nur bösartig.

»Okay, ich sag's meinem Chef«, meinte Steven.

»Okay, sag's deinem Chef«, sagte Eddie. »Ich hoffe, er trifft eine kluge Entscheidung. Die Investition wird sich auf jeden Fall lohnen. Kann eurem Laden viel Ärger ersparen.«

»Wollt ihr jetzt 'ne Handynummer dalassen, oder wie kann er euch erreichen?«, fragte Steven.

»Nein«, sagte Eddie mit einem dünnen Lächeln. »Wir kommen wieder. Wir sind übermorgen wieder da. Und dann klären wir die Sache. Persönlich.«

»Mein Chef ist im Urlaub, das schafft er nicht bis übermorgen«, sagte Steven. »Hat das nicht Zeit, bis er wiederkommt?«

»Schöner Laden hier«, sagte Eddie. »Wäre doch schade, wenn ihr den dichtmachen müsst.«

Dann ging er zurück zu seinen Leuten, und sie brachen sofort auf. Ohne zu grüßen. Ohne zu zahlen. Eddie warf Steven im Rausgehen noch ein Kusshändchen zu.

Steven rief gleich darauf seinen Chef an, der ziemlich geschockt war. Sein Chef sagte, dass er den Laden zumachen müsse, wenn er nicht zahlen würde. Und dass die Jungs aus der Türsteherszene gerade dabei waren, die gesamten Kneipen und Klubs in Kreuzberg und Friedrichshain abzuzocken. Er telefonierte aus Thailand; unmöglich, dass er in zwei Tagen zurück wäre in Berlin. Steven sollte die Typen erst mal hinhalten.

»Das ist kackfrech«, sagte Kaya. »Unglaublich. Der spaziert hier rein und drängt euch seine Dienste auf.«

Chris sagte: »Die wollen euch Schutzgeld abpressen, weiter nichts. Die Nummer ziehen sie seit Monaten in den Klubs durch, immer die *Bandidos*. Sie bringen die Läden unter ihre Kontrolle, und wenn sich einer weigert, dann wird der Laden plattgemacht.«

»Ausgerechnet Eddie«, meinte Steven.

»Eddie ist nur ein Handlanger«, gab ich zu bedenken. »Den schicken sie vor. Der muss sich bewähren. Und wahrscheinlich genießt er es, hier den Boss zu spielen. Wie der grinst, das ist abartig.«

»Ich möchte wirklich mal wissen, was der noch so treibt«, sagte Kaya. »Steht beim *Berghain* an der Tür und hat nebenher noch seine Geschäfte laufen. Irgendwas hat er doch in der kleinen Fabrik am Spreeufer eingelagert, nicht nur die Leiche. Und in der Fleischfabrik in Lichtenberg.«

»Wir sollten da reingehen, in die Fleischfabrik«, sagte Steven entschlossen. »Wir sehen uns um. Heimlich, still und leise.«

Wir schauten uns an. Der Vorschlag war so abgedreht, dass er schon wieder gut war. Ich dachte einen Moment lang an die nackten Füße des Leichnams unter der Plane. Und dann merkte ich, dass Moe neben mir nickte. Und ich nickte ebenfalls. Alle waren einverstanden.

»Morgen um Mitternacht«, sagte Steven, und wir hoben die Gläser.

Wir waren verrückt. Die Hitze der letzten Tage hatte unsere Köpfe vernebelt.

»Morgen um Mitternacht«, sagten wir.

7. KAPITEL

Am Anfang war es nur ein Hundebellen. Ein wütendes, heiseres Bellen um ein Uhr nachts. Es schien vom Fabrikgelände zu kommen, das im Licht der beiden Straßenlampen schlecht einzusehen war. Gleich hinter der Mauer stapelten sich alte Autoreifen. Dahinter lag eine betonierte Fläche, aus deren Fugen wilde Büschel von Unkraut wuchsen. Das Gebäude selbst war nur undeutlich zu sehen. Ein lang gestreckter Bau, die Fenster geschlossen oder zerschlagen. Davor eine Laderampe.

»Die Fleischfabrik«, sagte Steven, der uns hingeführt hatte. »Hier ist Eddie vor zwei Wochen reingegangen. Wo genau, weiß ich nicht. Ich stand dahinten an der Bushaltestelle.«

Wir standen noch auf der Straßenseite, vor dem eisernen Tor, das mit zwei Kettenschlössern gesichert war, und lasen das Schild davor:

PRIVATGELÄNDE

Betreten verboten !

Zuwiderhandlungen und Sachbeschädigungen

werden zur Anzeige gebracht !!!

»Drei Ausrufezeichen«, sagte Chris, »ich bin beeindruckt.«

Der nächste Hinweis versprach:

Unbefugte Personen werden unter Anwendung

STGB § 127 und § 123 (Hausfriedensbruch)

bis zur Festnahme durch die Polizei festgesetzt !!!

»Noch mal drei Ausrufezeichen«, meinte Steven. »Wirklich üppig.«

»Vielleicht hatten sie zu viele Ausrufezeichen rumliegen«, sagte Chris, »als sie das Schild geschrieben haben.«

»Vielleicht meinen sie es ernst«, sagte Moe.

»Ganz bestimmt«, sagte Kaya. »Das meinen die so ernst wie meine Mutter, wenn sie ruft: Du räumst sofort dein Zimmer auf!!! Noch heute!!! Sonst kannst du was erleben!!!«

»Also, was ist?«, fragte Chris. »Gehen wir rüber?«

Wir schauten die Straße runter. Hier wohnte niemand mehr. Gegenüber war ein Gebrauchtwagenmarkt. Dahinter brachliegende Grundstücke. Und über alldem die aufgestaute Hitze der Nacht. Wir waren schon vom Herumstehen verschwitzt.

»Ich weiß nicht recht«, sagte Moe. »Vielleicht wird das hier wirklich von einem Wachschutz kontrolliert.«

»Das ist nicht dein Ernst«, sagte Chris. »Weißt du, was das kostet? Die Fabrik steht seit Jahren leer, die gehört niemandem mehr. Und niemand leistet sich einen Wachschutz, der in einer gottvergessenen Freitagnacht hier Kontrollgänge macht. Was sie sich geleistet haben, ist dieses Schild mit den fünftausend Ausrufezeichen.«

Wir standen vor dem Eingangstor und rauchten unschlüssig. Manchmal fuhr ein Auto vorbei.

»Je länger wir hier stehen und warten, desto mehr fallen wir auf«, sagte Steven. »Lasst uns reingehen. Egal, ob wir was von Eddie finden oder nicht. Wir sehen uns einfach mal das Gebäude an.«

»Okay«, sagte Kaya. »Wenn sie uns die erste Fabrik weggenommen haben, sehen wir uns eben die nächste an. Wir sind schließlich Urban Explorers.«

Sie trug einen pinkfarbenen Nicki-Sweater mit der Aufschrift MILF und hatte ihr blondes Haar hochgesteckt. Ich war froh, dass sie wenigstens nicht in Stilettos gekommen war.

Ich hatte noch nichts gesagt. Das Schild war mir egal. Mich beschäftigte dieses Hundegebell, das einfach nicht aufhörte. Es kam aus der Richtung der Fabrik, auch wenn das eigentlich nicht sein konnte. Die Fabrik sah so verfallen aus, als wäre seit Jahren keiner mehr dort gewesen. Selbst das Schild war verrostet. Vielleicht wehte der Wind das Gebell von einem weit entfernten Zwinger hierher. Aber dafür klang es eigentlich zu nah.

Ich hab's nicht so mit Hunden. Als ich neun war, wurde mein Vater an einer Tankstelle von einem Pitbull gebissen.

Zwei Tage vor Weihnachten. Wir standen an der Kasse, als der Pitbull mit seinem Herrchen hereinkam. Mein Vater zahlte, ich dachte an die Geschenke, die in zwei Tagen fällig waren, dann gingen wir zur Tür. Der Pitbull knurrte.

»Dzeko«, sagte sein Herrchen genervt, »ganz ruhig, ganz ruhig.« Im gleichen Augenblick sprang der Pitbull an meinem Vater hoch, schnappte nach seiner Hand und biss ihm zwei Finger ab. Sie konnten später wieder angenäht werden. Aber Weihnachten war erst mal im Arsch. Und mein Vater hat sich davon nie wieder richtig erholt. Seitdem ist er ein verängstigter Mann. Und ich gehe Hunden lieber aus dem Weg.

Da waren Chris und Steven schon auf dem Tor. Kaya und Moe stiegen hinterher, grazil wie chinesische Turnerinnen.

Also kletterte ich auch über das Tor. Das Bellen des Hundes hörte nicht auf.

Sobald das eiserne Tor hinter uns lag, hatte sich etwas verändert. Wir waren jetzt auf verbotenem Gelände. Das spürten wir. Doch es gab kein Zurück mehr; es wäre albern gewesen, gleich wieder über das Tor zu klettern und nach Hause zu gehen. Außerdem schien die Straße, auf der wir gekommen waren, mit jedem Schritt, den wir auf dem Fabrikgelände wagten, mehr und mehr zu verschwinden. Als gäbe es sie nicht mehr. Es war, als gäbe es die Straßen und Viertel, das ganze nächtliche Berlin nicht mehr. Wir gingen über die betonierte Fläche auf die Laderampe zu, blieben nah zusammen, keiner sagte etwas. Wir bewegten uns lautlos. Katzen in der Nacht.

Wir näherten uns der Front der Fabrik und fanden alle Türen verschlossen und verrammelt. Massive Eisentüren mit verrosteten Schlössern. Wir entdeckten ein paar *tags*, die frustriert wirkten – als hätten einige Sprayer einen Zugang gesucht, aber nicht gefunden, und wären unverrichteter Dinge wieder abgezogen.

Wir gingen an der Vorderfront entlang und suchten vergeblich einen Einstieg. Hundert Meter durch Schutt und Scherben. Chris ging voraus, dann Kaya und Steven. Ich ging neben Moe und versuchte, gelassen zu wirken.

Moe musterte aufmerksam das Mauerwerk, die verriegelten Fenster, die Eisentüren. Eine Kellertreppe fanden wir nicht. Der Seitenflügel war ebenfalls etwa hundert Meter lang, von Sträuchern und kleinen Birken zugewachsen. Wir drückten uns eng an die Mauer und hielten kurz inne, wenn die Zweige der Bäume und Sträucher zurückpeitschten.

Ich ging am Schluss der Gruppe und schaute möglichst nicht zurück. Dennoch hatte ich dauernd das Gefühl, dass hinter mir jederzeit ein behaarter Schatten auftauchen und nach meinen Waden schnappen könnte.

Als wir auf dem rückwärtigen Hof angelangt waren, besserte sich unsere Stimmung. Chris deutete auf eine Schiebetür, die halb offen stand, und machte die Geste eines Bowlingspielers, der alle Kegel abgeräumt hat: »Strike!«

Unsere Anspannung ließ nach. Wir setzten uns in einer Runde zusammen und rauchten.

»Was machen wir, wenn Eddie kommt?«, fragte Moe. Sie

wirkte nicht ängstlich dabei, sie wollte einfach nur einen Plan haben.

»Wir rennen weg«, sagte Chris.

»Wir bleiben da«, sagte Steven. »Er muss uns ja nicht sehen. Wir drücken uns in irgendeinen Winkel und halten die Füße still. Er sucht doch nie und nimmer das gesamte Gebäude ab, sondern bringt nur sein Zeug unter. Vielleicht können wir so sein Versteck entdecken, ohne ewig danach suchen zu müssen.«

»Aber wenn er uns findet?«, fragte Kaya.

»Hey, wir sind zu fünft«, sagte Steven. »Eddie ist allein. Mutterseelenallein.«

»Hauptsache, er hat keinen Hund dabei«, sagte ich. Die anderen schauten mich verblüfft an.

»Einen Hund? Auf dem Rücksitz seiner Harley? Never ever!«

Kaya wurde ungeduldig. Mit ihrer Sozialarbeiterinnenstimme sagte sie: »Hey, ich find's unheimlich gut, dass wir jetzt über alles gesprochen haben. Aber allmählich sollten wir mal aus der Hüfte kommen, sonst sitzen wir morgen noch hier.«

Die Schiebetür war so eingerostet und verbogen, dass sie sich nicht bewegen ließ. Wir mussten uns durch den Spalt hindurchzwängen. Ein eigenartiger Geruch schlug uns entgegen. Es roch nach altem Staub und Mörtel und nach geräuchertem Fleisch. Genauer gesagt, nach Unmengen von geräuchertem Fleisch.

»Das stinkt ja übelst«, sagte Kaya.

»Fleischfabrik«, sagte Steven. »Hab ich euch doch gesagt. Fleisch und Wurstwaren für ganz Berlin.«

Wir standen in der Packabteilung. Am Rand waren alte Regalwagen zusammengeschoben. Im Licht unserer Taschenlampen warfen die Gitter ein schauriges Muster an die mattgrünen Kachelwände. Eine Flasche Asbach-Uralt stand verloren im Gang. Fünf Stiefel daneben. Zerknüllte Zeitungen. Alles sah nach einem plötzlichen Aufbruch aus, nach einer hastigen Flucht. Und zugleich wie im Sprung erstarrt.

Wir ließen das Licht unserer Taschenlampen durch den lang gestreckten Raum tanzen.

»Wir sind drin«, sagte Steven, als könnte er es nicht fassen.

Kaya hielt sich noch die Nase zu, aber sie nickte.

Wir alle klatschten uns ab. Und dann zogen wir los.

Eine halbe Stunde waren wir alle allein unterwegs. Jeder von uns erforschte einen Winkel, eine Halle, eine Etage. Ich hatte das Treppenhaus entdeckt und bahnte mir den Weg durch Eimer, Lappen und vergessene Maschinenteile in den ersten Stock.

In einem Flur fand ich ein Dienstzimmer mit dem Türschild: »Abteilungsleitung Qualitätssicherung«. Das Zimmer sah völlig verwüstet aus. Auf zwei Schreibtischen türmten sich aufgeklappte Akten, Ordner, Kalender, Geschäftsbriefe. Es wirkte, als hätte der Abteilungsleiter einen Wutanfall gehabt, wäre danach in die Kantine gegangen und nicht zurückgekehrt. An der Wand hing eine vertrocknete Zimmerpflanze in einem Plastiktopf.

Ich nahm ein Blatt vom Tisch, es war eine Liste ihrer Wurstspezialitäten:

Kernsaftschinken
Blattsaftschinken
Kasslerkotelettbraten
Schweinepökelkammbraten
Schweinebauchbraten
Schweinebauchwellfleisch
Schweinekopf gekocht
Leberwurst nach Gutsherrenart
Delikatessleberwurst
Landleberwurst
Zungenwurst
Schweinskopfblutwurst
Einfache Hausmacherblutwurst
Speckblutwurst
Schweinskopfsülzwurst

Mir wurde flau im Magen. Ich wusste, die nächsten zwei Monate würde ich kein Fleisch mehr anrühren. Trotzdem wollte ich den anderen dieses Zimmer zeigen, und ich ging sie suchen.

Am Ende des Flurs empfing mich eine riesige Halle. Von der Decke hingen Kabel und Neonröhren herunter. Bei jedem meiner Schritte knirschten Scherben unter meinen Schuhsohlen. Diese Fabrik war noch krasser als unsere erste Fabrik am Spreeufer. Auch wenn ich nicht mehr glaubte, in diesen gähnenden Räumen ein Versteck von Eddie zu finden, war es einfach cool, das Gebäude zu erkunden. Ich war eingetaucht in eine andere, fremde Welt. Angst hatte ich nicht mehr. Ich fühlte mich sicher und beschwingt.

Jedenfalls bis zu dem Moment, als ich ein Husten hörte.

Ein kurzes, unterdrücktes Raucherhusten.

Ziemlich nah.

Ich blieb sofort stehen und schaltete das Licht meines Handys aus. Ich stand reglos da und lauschte in die Dunkelheit. In diesem Winkel der Fabrik war es so finster, dass ich nicht gesehen werden konnte. Ich hoffte inständig, dass meine Atemzüge nicht zu hören waren. Und mir wurde klar, dass ich jetzt völlig allein war. Die anderen wanderten irgendwo herum.

Eine Minute verging. Ich hörte nichts. Nur das entfernte Bellen des Hundes draußen. Und ein unmerkliches Wehen des Nachtwindes. Ich überlegte, so langsam und unhörbar wie möglich zurückzugehen. Doch es lagen überall Scherben und Kachelreste. Jeder Schritt würde mich verraten. Also blieb ich, wo ich war, und lauschte.

Eine weitere Minute verging. Vielleicht hatte ich mich geirrt. Vielleicht war es nur ein Stück Blech, das sich im lauen Wind bewegt hatte. Vielleicht nur das Rascheln einer Ratte.

Dann kam das Husten wieder, ein richtiger Hustenanfall,

und ein Irrtum war nicht mehr möglich. Irgendwo dort hinten stand ein Mann und hustete. Irgendwo dort hinten, nicht weit von mir entfernt.

Das Husten hörte auf.

Eine gespannte, unangenehme Stille breitete sich aus. Eine weitere Minute verstrich.

Dann hörte ich eine Männerstimme: »Wie lange willst du da noch stehen?«

Ich sagte nichts.

Die Männerstimme: »Ich weiß, dass du da stehst.«

Wenn ich antwortete, wüsste er, wo genau ich stand. Ich sagte nichts, rührte mich nicht. Mein Hirn war so gut wie tot, ich hatte keinen Plan.

Wieder das Husten, dann der gleiche Satz: »Ich weiß, dass du da stehst. Du hast Angst. Du bist allein.«

Dann hörte ich das Schnappen eines Feuerzeugs und sah den schwachen Widerschein der Flamme etwa zehn Meter von mir entfernt. Mehr konnte ich nicht erkennen.

Die Flamme erstarb, und jetzt war nur das rötliche Glimmen einer Zigarette zu sehen. Gleich darauf wieder das Raucherhusten.

»Was willst du hier?«, fragte die Männerstimme. Sie klang nicht freundlich. Eher unsicher, zögernd.

Ein Wachmann würde nicht so reden. Er würde sofort mit der Stablampe die Halle ausleuchten.

»Ich weiß, dass du da stehst. Was willst du hier?«

»Nichts«, sagte ich.

»Wie, *nichts*?«, fragte er. »Warum schleichst du hier rum? Zu wem gehörst du?«

Wenn ich mich jetzt umdrehte und wegrannte, würde ich in dieser absoluten Finsternis garantiert gegen den nächsten Pfeiler knallen. Ich machte zwei, drei vorsichtige Schritte zurück und hoffte, dass sich die anderen melden würden.

»Bleib stehen«, sagte die Männerstimme. »Alles easy. Alles gut.«

Ich blieb stehen. Nichts war easy. Nichts war gut.

Endlich hörte ich Moes und Kayas Stimmen und ihre unbeschwerten Schritte. Sie kamen durch die große Halle in meine Richtung und ließen ihre Taschenlampen durch die Dunkelheit flirren. Dahinter Steven und Chris.

»Habt ihr ihn gesehen?«, riefen die Mädchen den anderen beiden zu.

»Lennart? Der kramt irgendwo rum.«

Ich kramte nirgends rum, sondern stand immer noch stocksteif am Rand der Halle. Mein Mund war ausgetrocknet, ich konnte ihnen nichts zurufen, konnte sie nicht warnen.

»Lennart«, sagte die Männerstimme in der Dunkelheit. Halblaut und irgendwie spöttisch, als sei es der blödeste Name der Welt. »Lennart.«

Chris war ungefähr in der Mitte der Halle, als er sagte: »Hier ist er nicht, lasst uns wieder runtergehen.«

Die vier waren stehen geblieben, jedenfalls hörte ich ihre Schritte nicht mehr.

Moe rief: »Lenny!«

Ihre Stimme wurde weit in die Halle getragen.

In das Schweigen der vier sagte die Männerstimme: »Er ist *hier.*«

Sofort schalteten sie ihre Taschenlampen aus.

Sie flüsterten aufgeregt: »Habt ihr das gehört? Wer war das? Lennart? Spinnt der? Hey, lasst uns verschwinden, das gefällt mir nicht.«

Wieder die Männerstimme: »Er ist hier, er will nicht sprechen.«

In die darauf folgende Stille hinein hörten wir alle draußen von der Straße das Knattern eines Motorrads. Es kam näher und näher, dann blubberte der Motor im Leerlauf und wurde ausgestellt.

Das eiserne Tor schepperte, als jemand das Schloss öffnete. Keiner von uns sagte ein Wort, aber wir alle dachten wohl dasselbe: Eddie.

Dann kam ein zweites Motorrad und hielt ebenfalls an. Wir hörten Eddies heiseres Lachen, als er jemanden begrüßte.

In der Halle aber war es totenstill.

Dann hustete der Mann. Und er sagte mit scharfer, eindringlicher Stimme: »Ihr kennt mich nicht. Ich kenne euch nicht. Geht mich nichts an, was ihr hier macht. Aber wir sollten hier verschwinden. Sofort.«

»Wohin?«, fragte Steven.

»In den Keller«, sagte er.

»Auf keinen Fall«, hörte ich Moe sagen. Ihre Stimme klang wild und durchdringend, obwohl sie versuchte, leise zu sprechen.

»Dann nicht«, sagte er. »Dann bleibt ihr hier.«

Wir hörten die beiden Motorradfahrer über den Vorplatz kommen. Hin und wieder huschten die Lichter ihrer Stablampen an die Decke der Halle, in der wir standen. Danach verklangen ihre Schritte.

»Sie kommen gleich rein«, sagte der Mann im Dunkel. »Wenn ihr Glück habt, bleiben sie unten. Wenn sie euch entdecken – euer Pech. Ich bleibe jedenfalls nicht hier.«

Wir hörten die beiden an der Schiebetür rütteln. Im gleichen Moment leuchtete zehn Meter vor mir eine Lampe auf, der Mann rannte los, an mir vorbei, ich konnte nichts von ihm sehen. Er war wie der Schatten eines Schattens. Nur lauter. Seine Stiefel donnerten auf den Boden, dass es im weit gestreckten Raum nachhallte. Uns war schlagartig klar, dass die beiden unten das hören mussten. Deshalb rannten wir dem Mann hinterher, ohne weiter zu überlegen.

Wir rannten durch Umkleideräume mit hölzernen Spinden, an Klos und Duschkabinen vorbei. Wir fegten das Treppenhaus runter, sprangen über Kartons, Bierflaschen, Telefonhörer, Schubladen. Nur raus hier.

8. KAPITEL

Auf dem Hof schlug uns dunkle Luft entgegen. Es war die Zeit vor der Dämmerung. Ich sah die anderen nur als Schemen, sie jagten hinter dem Mann her, der quer über den Hof rannte, auf eine von dichten Sträuchern bewachsene Ecke zu.

Prompt setzte das heisere Hundegebell ein. Ich sah mich nicht um. Die anderen waren vor mir die kleine Treppe hinuntergerannt, die hinter den Sträuchern lag. Der Mann hielt eine eiserne Tür auf, bis alle drin waren, dann ließ er sie zufallen. Seine Lampe blitzte auf.

Sie zeigte ein niedriges Gewölbe, von dem verschiedene Gänge und Kammern abzweigten.

»Ich hasse Keller«, flüsterte Moe. »Ich will hier nicht rein, ich halte das keine fünf Minuten aus.«

Ich nahm ihre Hand. Ich hätte sie gern gestreichelt und ihr etwas Beruhigendes gesagt, doch auf die Schnelle fiel mir nichts ein. Also nahm ich nur ihre Hand, und wir folgten den anderen durch den muffig riechenden Gang.

»Links ab, und in die Pökelbecken!«, sagte der Mann. Seine Stimme war jetzt scharf und kalt.

Wir bogen ab in einen Raum, der hüfthoch gekachelt war. An den Seiten und in der Mitte hatte man quadratische Becken gemauert. Sie waren ebenfalls gekachelt. Die Pökelbecken. Für einen winzigen Augenblick schossen mir die Tierleichen durch den Kopf, die Schweinehälften und Rinderhälften, die hier eingepökelt worden waren. Die Bruststücke, Lenden, Beinstümpfe. Als die Fabrik noch lief, wurden sie Tag für Tag hier hereingeschleppt und in den Becken gepökelt. *Schweinepökelfleisch*, dachte ich, *Schweinskopfblutwurst, Schweinepökelkammbraten, Schweinebauchwellfleisch, Schweinskopfsülzwurst.* Mir wurde schon wieder übel.

»Ich gehe ums Verrecken nicht in so ein Becken«, sagte Kaya. Aber wir hatten keine andere Wahl.

Plötzlich drängte sich Moe an mich. Sie umschlang mich so heftig mit ihren Armen, dass ich ihren warmen Körper spürte, ihr fliegendes Herzklopfen, ihren gehetzten Atem. Sie klammerte sich an mich und sagte mit gepresster Stimme: »Was auch passiert, geh nicht weg, lass mich nicht allein.«

Wir hörten von oben Fußtritte gegen eine Tür donnern, und das gab den Ausschlag. Wir kletterten in die Pökelbecken hinein, Moe und ich zusammen in ein großes, lang gestrecktes Becken, in dem früher vermutlich die Rinderhälften abgelegt wurden. Die Becken waren tief und auf eine widerliche Weise schmierig.

Im gleichen Augenblick löschte der Mann seine Lampe. Diesmal war es wirklich total finster.

Moe klammerte sich mit solcher Kraft an mich, dass ich Angst hatte, plötzlich aufzustöhnen. Ich streichelte ihren Rücken. Sie presste ihr Gesicht gegen meinen Hals und wisperte immerzu: »Geh nicht weg, geh nicht weg.«

Plötzlich musste ich an mein Zimmer zu Hause denken, an mein Bett. Dort war es trocken und warm, und außerdem hatte ich noch eine halbe Tafel Nussschokolade im Kühlschrank liegen. Ich dachte an meine Klamotten, an die Kopfhörer, an meinen Laptop, in dem noch ein Film steckte, den ich nur zur Hälfte gesehen hatte. Es war das Zimmer eines ganz normalen Kreuzberger Jungen. Und jetzt war es leer.

Der Junge lag zusammengekrümmt in einem Pökelbecken im Keller einer verlassenen Fleischfabrik. Neben sich das Mädchen, das er ziemlich gernhatte, ohne dass sie davon wusste.

Das war ich, und plötzlich fielen mir meine Eltern ein, ihre Gesichter standen mir klar vor Augen, sie schauten mich ruhig und freundlich an wie seit Jahren nicht mehr. Sie waren in Italien und ahnten nicht, dass ich in diesem Moment in einem stinkenden Becken lag, statt mit ihnen auf einer abendlichen Piazza Pizza zu essen.

Das mühsam unterdrückte Husten des Mannes brachte mich in den Keller zurück. Niemand von uns sagte ein Wort. Ich wusste nicht, wie viel Zeit vergangen war, aber ich hoffte, dass die beiden da draußen das getan hatten, weswegen sie gekommen waren, und dann auf ihren Motorrädern weggefahren waren. Von hier aus konnte man nichts hören. Nur das Husten des seltsamen Mannes aus einem der Becken. Vielleicht war es bescheuert gewesen von uns, einem Fremden zu folgen. In einen Keller zu gehen, den wir nicht kannten, uns in diesen widerlichen Pökelbecken zu verstecken, aus denen es kein Entkommen gab, wenn man uns hier entdeckte.

Und dann hörte ich das Knarren der Tür. Zwei Tritte gegen das Metall. Und das Quietschen der Tür, als sie aufschwang. Sie kamen.

Eddies Stimme: »Alter, ich schwöre, sie sind hier irgendwo.«

Der andere erwiderte: »Nun komm mal runter, du schiebst 'ne Paranoia, hier ist kein Schwein.«

Wir hörten ihre Stiefeltritte im Gang. Moe klammerte sich an mich. Die Schritte kamen näher. Sie hatten es offenbar eilig.

Der eine sagte: »Eddie, hör auf zu spinnen. Wir haben niemanden gesehen.«

»Ich habe ihre Schritte gehört, hundertpro«, sagte Eddie. »Hier hat niemand was zu suchen. Das ist unser Revier.«

»Wir müssen zurück ins *Berghain*«, sagte der andere.

Eddie wurde wütend. »Einen Scheiß müssen wir. *Hier* spielt die Musik. *Hier* wird die Kohle gemacht. Wenn ich was durchziehe, dann ziehe ich es durch. Wegen dir habe ich meine Ware in der Revaler Fabrik verloren. Weil du den Penner nicht rausschaffen wolltest, sondern unter die Plane gelegt hast. Jetzt wimmelt es da von Bullen, und ich komme nicht an meine Ware ran. Wahrscheinlich haben sie die Sachen schon gefunden. Mann, halt bloß den Mund.«

»Deine Sachen sind bestimmt noch da, Alter, mach dir darum keinen Kopf. Dritte Treppenstufe, da schaut doch niemand nach. Das kannst du holen, wenn die Bullen aus dem Gebäude raus sind. Hauptsache, es findet niemand das

Versteck im Kinderkrankenhaus. Das würde ich mal eher wegschaffen.«

Eddie klang echt wütend, als er sagte: »Alter, bist du meine Mutter, oder was? Willst du mir erzählen, was ich zu tun habe? Halt bloß den Rand, du Eimer.«

»Schon gut, Eddie, alles klar, wie du willst.«

Die Stimmen entfernten sich. Vermutlich untersuchten sie jetzt die Räume, die vom Gewölbegang abzweigten.

Ich streichelte Moe, um sie zu beruhigen, und ich war froh, dass ich nicht allein in diesem Becken lag, so wie Chris und Steven und Kaya und der Raucher.

Dann waren die Lichtkegel in unserem Raum. Ich sah sie über die Decke huschen. Und ich schloss die Augen, wie ein Kind, das meint, es wäre unsichtbar, wenn es selbst nichts mehr sieht. Wieder das Knirschen der Stiefel. Doch diesmal entfernten sie sich, wieder in den Gang hinein, weg von uns.

Plötzlich fiel mir ein, dass der Mann, der uns hierhergeführt hatte, jeden Moment husten musste. Oben in der Halle hatte er dauernd gehustet.

»Sind sie noch da?«, flüsterte Moe an meinem Ohr.

Ich nickte.

»Ich halte es nicht mehr aus«, wisperte sie.

Was sollte ich darauf antworten? Ich streichelte bloß ihren Rücken. Ich hielt es, ehrlich gesagt, auch nicht mehr aus. Moe lag seit mindestens fünfzehn Minuten auf meinem linken Arm, und so toll es sich auch anfühlte, mein Arm war unter ihrem Gewicht längst abgestorben. Sie wurde immer unruhiger.

»Ich muss jetzt weg, echt jetzt«, flüsterte sie.

Die Schritte kamen zurück. Ich drehte mich zu Moes Gesicht und küsste sie auf den Mund. Sie sollte still sein, nichts sagen, nicht flüstern, nur einen winzigen Moment noch. Ich küsste ihre festen, warmen Lippen.

»Eddie, echt jetzt, hier ist keiner. Lass uns gehen.« Die Stimme von Eddies Kumpel klang flehentlich.

Wenig später hörten wir die Eisentür scheppern. Zwei wütende Tritte gegen die Tür folgten. Dann war es still. Stockfinster und totenstill.

Eine Weile horchten wir noch, dann hustete der Raucher, und dieses Husten schien kein Ende zu nehmen. Wir kletterten aus den Becken heraus und streckten uns. Im Schein der Lampen sahen wir uns an. Unsere Klamotten und Gesichter waren völlig verschmiert vom Jahre alten Dreck. Wir sahen aus wie Sau. Aber zugleich waren wir unglaublich erleichtert. Ungefähr so müssen sich Leute fühlen, die irrtümlich beerdigt werden und dann durch einen Zufall wieder aus den Särgen steigen.

Der Raucher hustete immer noch.

Kaya sah Moe und mich komisch an, als ob sie etwas ahnte. Wir taten, als sei nichts geschehen.

Der Mann führte uns weiter in den Keller hinein, und wir vertrauten ihm. Wir tappten staunend durch diese Untergrundwelt. In einem Maschinenraum saßen riesige rostige Apparaturen. Von der Decke tropfte Wasser.

»Es gab hier mal einen Durchgang«, murmelte er. »Früher jedenfalls, war lange nicht mehr hier unten.«

Er fand eine Treppe, die hinaufführte, doch die Tür am Podest war zugemauert. Er suchte weiter, und wir folgten ihm. Sein Licht schnellte von Wand zu Wand, tastete in enge Kammern, schlüpfte den nächsten Gang entlang.

»Vielleicht geht's hier zur Backfabrik«, sagte er, und die Unruhe in seiner Stimme war nicht zu überhören.

Ich wollte allmählich nach Hause. Ich hatte genug für heute. Die Gänge kamen mir vor wie ein Labyrinth, wir tasteten uns weiter und weiter, stolperten über Kabel und Drähte, die auf dem Boden verknotet lagen, und stießen uns die Köpfe an mächtigen Rohren, die unter der Decke entlangliefen.

Schließlich kletterte der Mann eine eiserne Wendeltreppe hoch, stieß eine seitliche Tür auf, und wir sahen das graue Licht des Morgens.

»Hier geht's zur Backfabrik«, sagte er. »Wir gehen da durch, falls sie in der Fleischfabrik noch auf uns warten.«

Die Lampen brauchten wir nicht mehr. Wir kamen in eine Halle, deren Wände mit riesigen Bildern bemalt waren. Ein Dackel in vollem Lauf, zehn Meter lang, ein goldenes Kreuz flatterte an seinem Halsband, und in einer Sprechblase fragte er: *Ihr denkt, ihr seid Hip-Hop?* Gegenüber stand eine Figur mit gefalteten Händen in einem Topf von Teer.

In der Morgendämmerung, die durch die blinden Fensterscheiben sickerte, wirkten die Bilder krass lebendig.

An der Fensterseite das Bild von Edvard Munch, der Kopf mit dem unhörbaren schwarzen Schrei auf der Brücke.

In der nächsten Halle ein fünf Meter hoher Papagei, der uns mit müden Augen anstarrte.

Ein brasilianischer Fußballspieler im Torjubel.

Die gesamte Halle war voll mit Bildern oder fetten Schriftzügen. Ich kam mir vor wie ein Urzeitmensch, der plötzlich entdeckt, dass nicht mehr Jäger und Bären an die Höhlenwände gemalt werden.

Eine Stunde später standen wir auf der Straße und verabschiedeten uns von dem Mann. Zum ersten Mal in dieser Nacht sah ich sein Gesicht. Er war etwa vierzig Jahre alt und musste einmal gut ausgesehen haben, vor vielen Jahren zumindest. Jetzt lag ein verkniffener Zug um seinen Mund, und in die Stirn hatten sich tiefe Falten eingegraben. Seine Gestalt war hager und sehnig. Er zündete sich hastig eine Zigarette an.

»Ich wusste nicht, wer Sie sind«, sagte ich, »als wir uns im Dunkeln gegenüberstanden.«

»Niemand weiß, wer ich bin«, sagte er. »Ist auch besser so. Ich komm gern rum in der Nacht. Suche verlassene Gebäude, vergessene Orte, verwilderte Grundstücke. Bin gern allein. Mache ein paar Fotos und gehe wieder. Oder bleibe ein paar Stunden. Schaue mich um. Lasse das Schweigen dieser Gebäude auf mich wirken. Dort stört mich niemand. Ich bin gern allein.«

Wir fragten ihn, wie er in die Häuser reinkäme.

»Irgendein Eingang findet sich immer. Eine schiefe Kellertür, eine aufgeklappte Dachluke, eine Seitentür.«

»Aber haben Sie keine Angst dadrin«, fragte Kaya, »wenn Sie ganz allein sind? Vor Wachschutzleuten oder diesen Motorradtypen?«

Er zuckte mit den Schultern. »Mich hat noch niemand gesehen. Noch niemand gehört. Ich gehe rein und raus wie der Wind. Wie ein Schatten an der Wand. Nur ein Urban Explorer, weiter nichts.«

Chris fragte ihn, ob er andere verlassene Gebäude kannte.

»In Berlin? Hunderte. Macht die Augen auf. Es gibt unzählige Fabriken, die aufgegeben wurden. Die einfach nur herumstehen und verfallen. Keiner kümmert sich darum. Alte Lokschuppen. Wohnheime für vietnamesische Arbeiter aus den DDR-Jahren. Die S-Bahn-Strecke Richtung Köpenick. Oder die Frauenklinik in Westend. Oder das Neuköllner Kinderkrankenhaus.«

Er hielt inne, kratzte sich am Kopf und sagte: »Aber da geht ihr besser nicht hin.«

Er sah uns allen in die Augen. »Wirklich nicht. Lasst es.«

Wir nickten, und wir meinten es ernst.

Dann hob er die Hand, und als er die Straße entlangging, sah ich, dass er leicht hinkte. Wenig später war er im diesigen Morgenlicht verschwunden.

9. KAPITEL

Wir standen noch eine Weile ratlos herum und nahmen dann den ersten Bus zurück in unsere Gegend. Steven schlief ein und kippte in Zeitlupe vom Sitz, bis Chris ihn auffing.

Die Stadt erwachte gerade zum Leben, der Himmel war knallblau, und es würde wieder ein heißer Tag werden. Die ersten Passanten waren auf der Straße, einige führten ihre Hunde aus, andere gingen zur Arbeit, die Sonne kam über die Dächer. Das Licht glitzerte auf dem Landwehrkanal, als wir wieder in unserer Gegend waren. Wir fanden eine türkische Bäckerei, die eben öffnete, und holten uns warme Brötchen und Kaffee.

Wir alle waren wohl zu müde, um noch groß zu bereden, was wir in der Fleischfabrik erlebt hatten. Ich für meinen Teil war einfach froh, ungeschoren herausgekommen zu sein. Und wenn ich daran dachte, dass ich Moe geküsst hatte, wurde ich rot. Sie saß jetzt neben mir, aber sie schaute mich nicht an, sondern trank ihren Kaffee und rauchte eine Zigarette, so wie nur Mädchen rauchen können. Kaya saß uns gegenüber, ihre Augen wanderten zwischen Moe und mir hin und her, doch sie sagte nichts. Ihr pinkfarbener Sweater sah jetzt nicht mehr stylish aus, sondern eher nach Altkleidersammlung.

Steven war schon wieder eingeschlafen, Chris rüttelte ihn wach, und sie gingen gemeinsam nach Hause.

»Okay«, sagte Kaya und stand auf, »dann will ich auch nicht weiter stören.«

»Du störst doch nicht«, sagte ich hastig, doch ich konnte sie nicht zurückhalten. Moe saß ganz versunken da, die Haare vor dem Gesicht, und rauchte.

Kaya ging die Straße runter, an der nächsten Ecke schaute sie noch mal zurück, und wir beide, Moe und ich, winkten ihr zu.

»Kriegst du zu Hause Ärger?«, fragte Moe nach einer Viertelstunde des gemeinsamen Schweigens.

»Meine Eltern sind weg«, sagte ich. »Urlaub in Italien.«

»Du Glücklicher«, sagte sie.

»Weiß nicht.« Mir war die Vorstellung etwas unheimlich, jetzt in die leere Wohnung zu kommen. Wahrscheinlich würde ich sofort von der Nacht in der Fleischfabrik träumen, von Eddie und seinem Kumpel. Von der Stimme des Mannes in der Dunkelheit.

»Kriegst du denn Ärger, wenn du jetzt nach Hause kommst?«, fragte ich zurück.

»Aber hallo«, sagte Moe und nickte heftig. »Mein Vater macht Gulasch aus mir, wenn er das mitkriegt. Ich kann eigentlich erst am Nachmittag auftauchen. Dann könnte ich sagen, dass ich bei Kaya geschlafen habe.«

Du kannst doch bei mir schlafen, dachte ich. *Nur so. Weil du das tollste Mädchen ever bist.* Aber ich sagte nichts. Ich traute mich nicht und hasste mich dafür. Ich brachte die Worte einfach nicht heraus. Ich brachte sie nicht heraus, weil ich Angst hatte, sie würde mich auslachen. Oder mich mit diesem Mädchenmitleid ansehen und mir erklären, dass ich da etwas missverstanden hätte. Dass ich echt nicht glauben solle, dass wir, nur weil wir eben im Pökelbecken zufällig nebeneinandergelegen hatten, jetzt auf einmal was zusammen hätten. *Echt, Lennart, ich finde dich okay und alles, aber mehr auch nicht. War eh schon zu viel, da unten im Keller. Mach das nie wieder.* Egal. Ich versteckte mich unter meiner Kapuze.

Eine zähe Minute verging.

Der Kaffee war ausgetrunken, die Brötchen aufgegessen, wir hatten keinen Grund mehr, hier zu sitzen. Moe saß neben mir und schwieg. Sie schaute einem Schwan im Landwehrkanal zu, der mit angestrengten Flügelschlägen loszufliegen versuchte. Er brachte seinen schweren Körper nur mühsam hoch und watschelte mit den Flossen auf dem Wasser. Es sah tollpatschig und peinlich aus, ich glaubte nicht, dass er es schaffen würde.

»Du kannst einfach fragen«, sagte Moe leise.

Mein Mund war trocken. Ich räusperte mich.

»Möchtest du vielleicht bei mir schlafen?«, fragte ich.

»Ja«, sagte sie.

Als wir aufstanden, hatte der Schwan sich mit kraftvollen Flügelschlägen in die Luft erhoben und flog elegant über die Hobrechtbrücke hinweg.

Wir schliefen bis in den Nachmittag hinein. Zwischendurch wachte ich manchmal kurz auf, weil mich ein Fuß von Moe gestreift hatte. Dann sah ich sie neben mir liegen, die Augen geschlossen, ihre Wimpern bewegten sich ganz leicht. Die Hände hatte sie zu kleinen Fäusten geballt. Sie sah unglaublich schön aus. Ihr dunkelbraunes Haar war wild verteilt über das Kopfkissen, das sie für sich allein brauchte. Ich schaute sie an, bis mir die Augen wieder zufielen.

Als wir beide aufwachten, stand die Sommerhitze im Hinterhof. Moes Gesicht war halb vom Kopfkissen verdeckt, doch sie sah mich mit ihren blanken Augen an und sagte: »Hey.«

Ich konnte nicht anders, ich musste lächeln. Und dieses Lächeln blieb den ganzen Tag in meinem Gesicht. Wann immer ich sie ansah, breitete es sich aus.

»Du bist hübsch, wenn du lächelst«, sagte sie.

Obwohl meine Eltern erst seit fünf Tagen fort waren, hatte ich es geschafft, die Wohnung gründlich runterzurocken. Moe staunte nicht schlecht. Wir teilten uns die halbe Nussschokolade, die noch im Kühlschrank war. Mehr konnte ich ihr nicht anbieten.

»Du musst ziemlich hungrig sein«, sagte sie.

»Wieso?«

»Du hast dauernd im Schlaf vor dich hin gemurmelt«, sagte sie. »Ziemlichen Schweinkram.«

Ich schluckte. Ich konnte mich an nichts erinnern.

»Schweinkram?«

»Na ja, etwa so: Schweinepökelfleisch, Zwiebelleberwurst, Schweinskopfsülzwurst, Kernsaftschinken, Schweinebauchwellfleisch ...«

Sie zog ein angewidertes Gesicht. Ich musste lachen und erzählte ihr von der Produktliste, die ich im Dienstzimmer der Fleischfabrik entdeckt hatte.

»Lecker«, sagte Moe.

Danach wurde es still, und wir dachten wohl beide an die Flucht in den Keller und an die halbe Stunde im Pökelbecken. Ich hätte sie gern gefragt, weshalb sie so einen Horror vor Kellern hatte, und noch lieber, ob es okay gewesen war, dass ich sie dort geküsst hatte. Aber ich ließ es sein. Mir war es genug, mit ihr am offenen Fenster zu sitzen und den Rest der Schokolade zu essen, die zwischen unseren Fingern zu schmelzen begann.

Wir trafen uns erst zwei Tage später im *Anfall* wieder. Es war die Nacht, in der Eddie wiederkommen wollte, um sein Angebot eines Schutzdienstes weiterzuverhandeln. Stevens Chef war nicht rechtzeitig aus dem Urlaub zurückgekehrt. Er hatte Steven gebeten, die Rocker noch ein paar Tage hinzuhalten, und Steven hatte uns alle gefragt, ob wir ihm Beistand leisten konnten.

Die Straßen und Häuser waren immer noch aufgeladen von der Hitze des Tages, wir saßen verschwitzt an der Theke, tranken Bier und warteten.

Es war ein beklommenes Warten. Der Laden war gut gefüllt, die anderen Gäste ahnten nichts. Eine lärmende Gruppe hielt den Kickertisch besetzt. Am Billardtisch wurden doppelte Tequila-Runden ausgespielt. Wer verlor, musste den

Gegnern zwei Tequila ausgeben. Die Holztische im vorderen Raum waren alle besetzt, und Steven kam mit den Bestellungen kaum hinterher. Er war unruhig, schaute oft auf die Uhr, doch Eddie ließ auf sich warten.

Moe und ich taten so, als ob wir uns nicht näher kannten, was Kaya sichtlich nervte. Sie trug ein durchsichtiges Sommerkleid, hatte ihre Haare nachblondiert und zu einem Pferdeschwanz gebunden, der unternehmungslustig auf und nieder wippte. Sie trank kein Bier, sondern Aperol Spritz und war inzwischen beim vierten Glas angelangt.

»Und? Wie war's?«, fragte sie in unser Schweigen hinein.

»Wie war was?«, fragte ich zurück.

»Eure Nacht«, sagte Kaya mit schon ziemlich schwerer Zunge.

Chris und Steven schauten sie verständnislos an. Sie bestellte das fünfte Glas. Steven schenkte ihr nach. Kaya versuchte, wie eine Dame zu wirken, doch der Versuch misslang. Ihre Bewegungen waren fahrig, und ein hartnäckiger Schluckauf störte ihren Redefluss.

»Eure Nacht. Euer erstes gemeinsames Na-ihr-wisst-schon. Könnt ihr doch zugeben. Ganz offen darüber sprechen. Ich will's wissen, ich will alles wissen, haarklein, jede Einzelheit.«

Wir antworteten nicht, und Kaya begann mit einer Kindergartenstimme zu singen: »Liebespaar, küsst euch mal, morgen ist das Baby da!«

»Kaya, du nervst«, sagte Moe. »Da war gar nichts, wir haben einfach nur zusammen geschlafen.«

Kaya reckte affektiert zwei Zeigefinger in die Luft, und Chris und Steven drehten alarmiert die Hälse: »Waaaaas? Wer mit wem??«

Kaya nickte befriedigt: »Zusammen geschlafen, sag ich doch. Hab ich doch gesagt.«

Moe wollte sich sofort korrigieren. »Wir haben gar nicht *zusammen* geschlafen«, sagte sie hastig, »sondern nur gemeinsam geschlafen, also nebeneinander, und das geht euch echt nichts an.«

»Gemeinsam die Nacht verbracht, zusammen geschlafen, es miteinander getrieben«, lallte Kaya mit blitzenden Augen und stürzte den Rest ihres Aperol herunter. »Respekt. Respekt!«

»Was war mit wem?«, fragte Chris noch einmal. Seine Blicke wanderten ratlos von einem zum anderen. Ich hielt mich unter meiner Kapuze verborgen und trug nichts zum Gespräch bei. Moe ging aufs Klo, um die Unterhaltung zu beenden.

Als sie wiederkam, saß Eddie an einem der vorderen Tische. Allein. Er wirkte unscheinbar und friedlich. Sah nicht zu uns herüber, bestellte nicht, saß einfach nur da.

Steven wischte sich die Hände an einem Handtuch ab und ging an Eddies Tisch. Sie unterhielten sich kurz, dann kam Steven zurück.

»Ich hab ihm gesagt, dass mein Chef nicht zurück ist und um einen Aufschub bittet. Er meint, das täte ihm leid. Ich weiß nicht, er ist komisch drauf.«

Er brachte Eddie ein Glas Whisky. Eddie ließ das Glas vor

sich stehen. Die Unterarme hatte er auf den Tisch gestemmt, er schien nachzudenken. Der Schweiß perlte von seiner Stirn und tropfte auf die Tischplatte. So brütete er vor sich hin. Schien sich zu sammeln. Wir beobachteten ihn angespannt.

Hinten beim Tischfußball lärmten die Jungs weiter. Am Billardtisch klackten die Kugeln aufeinander. Zwischen alldem lief ein altes Album von Lou Reed, gerade jetzt setzte ein wütendes Saxofonsolo ein. Kaya war inzwischen richtig hinüber. Sie stieß Moe dauernd in die Seite und quakte: »Erzähl doch, wie war's denn? War's schön?« Mir schien, dass Moe ihr am liebsten eine geknallt hätte, doch sie hielt sich zurück.

Eddie kippte den Whisky herunter.

Dann stand er auf.

Er wischte sich die Hände an seiner Hose ab und ging hinter die Theke. Steven war gerade im Billardraum, um Gläser einzusammeln. Mit einem Handgriff riss Eddie den CD-Player herunter. Die Musik hörte schlagartig auf. Alle Leute schauten erstaunt hoch.

Eddie stand vor der Glaswand, an der die Flaschen mit den harten Getränken aufgereiht standen. Die vierzig Whiskyflaschen, für die das *Anfall* berühmt war. Eddie wischte die ganze Reihe mit dem ausgestreckten Arm herunter. Das Splittern der Flaschen war ohrenbetäubend.

Eddie öffnete den Eisschrank und nahm fünf Wodkaflaschen heraus. Er stellte sie vor uns auf den Tresen. Wir wichen zurück. Dann nahm er eine Flasche nach der anderen und schlug sie auf dem Tresen entzwei. Sorgfältig, methodisch. Er wirkte überhaupt nicht aufgeregt oder wütend. Er verrichtete hier eine Arbeit, er hatte einen Plan.

Die meisten Leute rannten aus dem Laden raus, einige blieben geschockt auf ihren Stühlen sitzen und sahen zu, wie Eddie das Lokal nach und nach zerlegte. Keiner war so lebensmüde, ihm in die Quere zu kommen.

Eddie nahm die Kasse hoch und warf sie in den Schankraum. Die Scheine flogen herum, und die Münzen kullerten über den Boden. Er nahm einen Barhocker und warf ihn in die Spiegelwand. Sie zersplitterte mit einem mörderischen Knall.

Dann nahm er seine Zigaretten heraus und zündete sich eine an. Er sah sich sein Werk an und schien zufrieden.

»Sorry«, sagte er mit seiner heiseren Stimme. »Echt jetzt, sorry.«

Nur Steven, Chris, Kaya, Moe und ich waren noch im Laden, wir standen mit dem Rücken an der Wand und starrten ihn an.

Er nickte uns mit einem verzerrten Lächeln zu. »Ey, sorry. Tut mir echt leid. Schade um den schönen Laden.« Er schüttelte mit gefaktem Bedauern den Kopf.

Der Job hatte ihn angestrengt, das war deutlich zu sehen. Der Schweiß rann ihm jetzt in Strömen von Schläfen und Stirn. Er nahm Stevens Handtuch und wischte sich das Gesicht.

Dann schlenderte er zur Tür.

»Übrigens«, sagte er und streckte einen Zeigefinger in Stevens Richtung, »ich komme in drei Tagen wieder, und dann bringe ich meine Freunde mit, wird sicher sehr lustig.«

Wir hörten, wie er draußen seine Fatboy Harley anwarf und über die Wiener Straße davonfuhr.

10. KAPITEL

Wir brauchten Stunden, um die Kneipe aufzuräumen. Eddie hatte nur kurz gewütet, aber er war effizient vorgegangen. Der ganze Laden roch penetrant nach Whisky und Wodka. Wir fegten die Scherben der Spiegelwand und die zersplitterten Flaschenreste zusammen. Dazwischen klebten die Geldscheine und Münzen. Chris kümmerte sich um die herausgerissene Musikanlage. Sie war schrottreif.

Anfangs redeten wir nicht, der Schreck saß uns ziemlich in den Knochen. Danach kam die Wut. Wir wateten durch die Whiskylachen, die Wodkapfützen und fluchten auf Eddie. Wir überlegten uns hundert Arten, ihn zu Tode zu foltern.

»Was für ein Arsch, was für ein gottverdammter Auswurf einer Hafenhure«, murmelte Steven vor sich hin.

Er telefonierte mit seinem Chef in Thailand und erzählte, was geschehen war. Der Chef meinte, er solle den Laden dichtmachen, die Rollläden runterlassen. In drei Tagen wäre er zurück und würde sich darum kümmern. Aber die Polizei sollte er nicht holen, auf keinen Fall. Steven nickte. »Okay, dann nicht.«

Kaya zickte weiter herum. Sie hatte eine unversehrte Tequila-Flasche entdeckt und gab sich damit die Kante. Es ließ ihr offensichtlich keine Ruhe, was zwischen Moe und mir gelaufen sein konnte. Während wir die Scherben in den Müll warfen und die Pfützen aufwischten, wippte sie mit übergeschlagenen Beinen auf einem Barhocker und musterte uns giftig.

»Hat er dich also rumgekriegt«, sagte sie zu Moe, »rumgekriegt und flachgelegt, na, ich gratuliere.«

Sie zog eine Schnute, kippte ein weiteres Gläschen und fing noch mal mit ihrem bescheuerten Kindergartenlied an: »Liebespaar, küsst euch mal, morgen ist das Baby da.«

Irgendwann reichte es Moe. »Kannst du damit auch mal wieder aufhören? Sonst glauben noch alle, du bist irgendwie eifersüchtig.«

Kaya lachte hell und falsch auf. »Eifersüchtig? Auf dich und Meister Kapuze? Auf diesen Sitzenbleiber? Dass ich nicht lache!«

Ihr Blick glitt abfällig an mir herunter.

»So ein Spacken. Unsexiest boy von ganz Kreuzberg. So besoffen kann ich gar nicht sein, dass der mir gefallen könnte.«

Sie griff nach der Tequila-Flasche, um sich nachzuschenken. Doch sie verfehlte das Glas und schüttete den Alk über die Theke, die ich eben trocken gewischt hatte. Ich nahm ihr die Flasche weg.

»Reicht jetzt, Kaya«, sagte ich. »Komm mal wieder runter.«

»Jawohl, Herr Kapuze«, sagte sie und salutierte mit der unbeholfenen Geste einer Quartalssäuferin. »Verstanden, Herr Oberbulle! Herr Superstecher! Herr Tittenbefruchter!«

Sie war echt übel betrunken, sie kotzte die Worte einfach nur aus.

Auch Chris versuchte, irgendwie beschwichtigend auf sie

einzureden. Sie krallte sich an der Theke fest und griff nach einer anderen Flasche.

»Klar, ich hör schon auf, ich weiß, ich nerve euch nur. Die Wahrheit wollt ihr nicht wissen. Die dreckigen Einzelheiten interessieren euch nicht. Der nimmt mir meine Freundin weg, der Spast, und ich bleib ganz cool. Genau. Okay. Alles super.«

Es war drei Uhr morgens, als wir mit dem Aufräumen und Saubermachen einigermaßen durch waren. Kaya hatte sich auf den Billardtisch gelegt und war eingeschlafen. Steven kochte eine Kanne Kaffee und holte fünf Tüten Chips aus dem Schrank.

Aber keiner von uns hatte Lust, auch nur eine Minute länger in diesem stinkenden Laden zu bleiben.

Wer auch immer auf die Idee gekommen war, wir beschlossen, für den Rest der Nacht auf das Dach der Fabrik in der Revaler Straße zu gehen. Wir füllten den Kaffee in eine Thermoskanne, stopften Tassen und die fünf Tüten Chips in unsere Rucksäcke und weckten Kaya auf.

Chris und Steven nahmen sie in ihre Mitte, von Moe und mir wollte sie sich nicht anfassen lassen. Aber mit jedem Schritt, den sie machte, wurde sie nüchterner und stiller.

»Tut mir leid, wenn ich etwas heftig war«, sagte sie kleinlaut. »Wenn ihr unbedingt rumvögeln wollt, dann nur zu, aber bitte nicht, wenn ich dabei bin.«

»Kaya, echt jetzt, es war nichts zwischen Moe und mir«, sagte ich. »Sie hat einfach bei mir übernachtet, und fertig. Hat nichts zu bedeuten.«

Diesmal sah mich Moe, die bisher neben mir gegangen war, sehr spitz von der Seite an und ging dann lieber neben Chris.

Ich hätte mir am liebsten selbst eins in die Fresse gegeben.

Mädchen.

Sie können einen echt in den Wahnsinn treiben. Wie man es auch macht, ist es falsch.

Wir liefen durch den Görlitzer Park, über die Oberbaumbrücke und über die Warschauer Brücke. Es hatte sich endlich abgekühlt.

»Schleppi«, sagte Chris plötzlich. »So haben sie ihn in der Schule immer genannt. Schleppi, Schleppi, Schleppi. Das hat ihn echt zur Weißglut getrieben.«

»Wen habt ihr so genannt?«, fragte Moe.

»Eddie. In der dritten Klasse. Keiner hat ›Eddie‹ gesagt, alle nannten ihn Schleppi. War irgendwas mit seinem Nachnamen. Er ist jedes Mal ausgerastet.«

»Lass mich bloß in Ruhe mit diesem Bastard«, sagte Steven finster.

Wir bogen in die Revaler Straße ein. Es waren kaum noch Leute unterwegs, und als wir zu unserer kleinen Fabrik kamen, war niemand mehr zu sehen. Keine Polizeipatrouille, kein Wachschutz. Allerdings auch keine Öffnung im Zaun. Sie hatten ihn ordentlich befestigt, sodass wir an einer dunklen Ecke, wo die Straßenlaterne ausgefallen war, hinüberklettern mussten.

Auch die Kellertür war verschlossen und verrammelt. Wir kamen nicht hinein. Wir liefen um die Fabrik herum und suchten einen anderen Zugang, doch alles war gesichert, doppelt und dreifach versperrt. Sie wirkte wie eine uneinnehmbare Festung.

»Das war's dann wohl mit unserem Morgenkaffee auf dem Dach«, sagte Chris. Jetzt war er es, der genervt wirkte. Er zuckte mit den Schultern und wollte zurück zur Straße gehen.

»Warte«, sagte ich. »Der Urban Explorer aus der Fleischfabrik meinte, man müsste sich nur genug umschauen, dann käme man in jedes Gebäude.«

Wir gingen wieder zur Kellertür, doch dort kamen wir definitiv nicht hinein. Wir rüttelten an zwei stählernen Seitentüren. Vergeblich. Wir standen wieder auf der Rückseite der Fabrik und schauten die Fensterreihen entlang.

Im ersten Stock waren viele Scheiben zerschlagen. Unter den Fenstern lief ein gemauertes Sims durch bis zu einem Regenrohr. Dieses Regenrohr machte einen robusten Eindruck. Es endete vor unseren Füßen.

»Wir klettern am Rohr hoch, bis wir die Fenster erreichen«, sagte ich. »Eines von ihnen lässt sich bestimmt öffnen.«

Die anderen schauten zweifelnd an der Fassade hoch. Der erste Stock lag ziemlich weit oben, war aber nicht unerreichbar.

»Geh du voran, Kapuzenmann«, sagte Kaya, und diesmal klang es nicht zickig.

Ich nahm die Kapuze runter und probierte es aus. Das Rohr war gute deutsche Wertarbeit, es hielt mein Gewicht ohne Weiteres aus. Zudem war es mit soliden Krampen an der Backsteinwand befestigt, die einen guten Halt für die Füße boten. Wer jemals an einer Kletterwand war, hatte hier keine Probleme. Der einzige Trick bestand darin, nicht nach unten zu schauen, sondern nach dem nächsten Griff, dem besten Halt für Hand oder Fuß.

Nach fünf Minuten war ich auf dem Mauersims und tastete in eine Fensteröffnung hinein. Ich erwischte einen Griff und drehte so lange an ihm, bis er nachgab und das Fenster sich nach innen öffnete. Ich glitt hinein und winkte dann den anderen zu.

Unten klatschten sie Beifall.

»Wenn er die Kapuze weglässt, ist er eigentlich ganz hübsch«, sagte Kaya zu Moe, und die nickte.

Wir waren Katzen in der Nacht, wirklich und wahrhaftig. Alle kletterten nacheinander am Regenrohr hoch, schmal und sehnig, und schlüpften ins Fenster hinein.

Als Letzter Chris. »Das würde Schleppi nicht schaffen«, sagte er triumphierend. »Er würde das Regenrohr mit seinem Gewicht aus der Halterung reißen und jämmerlich abstürzen. Nur ein Fettfleck würde von ihm bleiben. Bye-bye, Schleppi.«

Uns anderen war Eddie in diesem Moment völlig egal.

Die Fabrik wirkte aufgeräumt. Die Schreibtische in der Eingangshalle waren verschwunden, die Werkshalle war besenrein. Offensichtlich hatte die Polizei dafür gesorgt, als sie den Todesfall untersuchte. Wir gingen nicht in die Werkshalle hinein, sondern gleich zum Treppenhaus und hoch aufs Dach. Im Osten erschien bereits die Morgenröte.

Wir setzten uns in eine Runde, tranken Kaffee und aßen die Chips dazu. Unsere Laune besserte sich merklich.

»Sollten wir öfter machen«, sagte Moe. »Einfach zusammen losziehen und alte Gebäude erkunden. Gibt nichts Besseres, als mit euch auf dem Dach einer verlassenen Fabrik zu sitzen und in den Morgenhimmel zu schauen.«

Die anderen nickten andächtig.

Doch, dachte ich, es gibt was Besseres. Neben dir im Bett zu liegen und auf deinen Atem zu lauschen. Deine Schlafwärme zu spüren. Deine Lippen zu küssen. Das behielt ich allerdings für mich, ich war doch nicht blöd.

Wir hatten das eigenartige Gefühl, dass die Fabrik uns trug. Was auch immer in ihr geschehen war, sie hatte nichts gegen uns, wir waren ihr willkommen.

»Urban Explorers«, sagte Chris versonnen. »Uns gehört die Welt. Die Welt der vergessenen Orte. Die Welt der wirklichen Geheimnisse.«

Er stand auf und breitete die Arme aus: »Ihr einsamen Dächer dieser Stadt – wir sind eure wirklichen Herrscher!«

Unglaublich pathetisch, der Mann. Er sah dabei aus wie ein Gargoyle aus der Zeichentrickserie.

Kaya und Moe teilten sich die Ohrstöpsel ihres iPods und begannen zu tanzen, zwei Freundinnen in der Morgenröte. Chris setzte sich wieder zu Steven und mir und zog einen verknitterten Joint aus seinem Tabaksbeutel.

»Zur Feier des Tages«, sagte er.

Wir ließen den Joint wandern.

Mir tat er nicht gut. Die gehobene Stimmung, die wir eben noch geteilt hatten, verflog mit jedem Zug, den ich nahm. Ich zog mir die Kapuze über, kroch in meinen Kopf und folgte den aberhundert Verästelungen meiner Gedanken. Ich fühlte mich wieder unfähig. So krank es auch war, ich dachte an die Schulbücher, die zu Hause lagen und die ich kein einziges Mal angerührt hatte. An den Abwasch, den ich seit einer Woche aufgeschoben hatte. Ich dachte an Moe, die wenige Meter von mir entfernt tanzte und einfach glücklich wirkte, ich dachte an unsere Nacht und hatte Angst, dass es die erste und zugleich letzte war, weil ich sie nicht mehr fragen würde. Ich sah die verbiesterte Miene meiner Mutter und die Sorgenfalten meines Vaters. *So geht das nicht weiter, Lennart, wir müssen reden, wir erwarten von dir klare und aufrichtige Antworten, wo bist du wieder gewesen, was machst du mit deinem Leben, du machst uns beide sehr traurig, Junge, wir sind wirklich enttäuscht von dir, und damit meinen wir nicht nur dein Zeugnis.* Ich dachte an die speckige Brille meines Physiklehrers. Das Kiffen kann einen echt fertigmachen.

»Schleppnik heißt er«, sagte Chris unvermittelt. »Schleppnik. Eddie Schleppnik. Ich wusste doch, dass ich drauf komme.«

»Steht bestimmt im Telefonbuch«, sagte Steven entrückt. »Ruf ihn an. Nenn ihn Schleppi. Da freut er sich. Hat er sicher lange nicht gehört.«

Kaya und Moe saßen mittlerweile neben uns und rauchten die Reste des Joints.

Kaya sagte: »Wir haben tausend Telefonstreiche gemacht,

als wir vierzehn waren. Die Leute haben sich manchmal echt gefreut. Alte Frauen. Die hatten mal jemanden, der mit ihnen redet.«

Moe kicherte. »Wir sollten mal Eddies Mutter anrufen.«

Chris war sofort begeistert. »Genau. Frau Schleppnik. Ein Mordsweib! Ein Brecher von einem Weib! Die ist sicher begeistert, zu hören, dass ihr Sohn mittlerweile herumzieht und Kneipen zu Kleinholz macht. Da setzt es beim nächsten Besuch sicher noch mal ein paar saftige Maulschellen. Mann, der kleine Schleppi hatte echt Angst vor ihr.«

So quatschten wir bekifft herum. Inzwischen lagen wir nebeneinander auf dem Dach, ich lag außen, Moe neben mir.

Moe neben Kaya neben Chris neben Steven. Heillos zugedröhnte Urban Explorers. Ich wanderte weiter durch meine endlos verzweigte, verästelte Gedankenwelt, bis ich zur Fleischfabrik kam, zu den Pökelbecken, zu dem Moment, als der Kumpel von Eddie was erzählt hatte.

»In der dritten Treppenstufe«, sagte ich abrupt und setzte mich auf. Die anderen sahen mich an und konnten sich kaum halten vor Lachen.

»Gib mir auch von deinen Drogen, Kapuze«, sagte Kaya. »Ich will auch in die dritte Treppenstufe.«

Ich war fassungslos. Sie nahmen mich nicht ernst.

»Habt ihr das nicht gehört? Im Keller? In den Pökelbecken? Der Kumpel von Eddie hat gesagt, wo sein Zeug liegt. In der dritten Treppenstufe.«

»Voll abgespaced, der Knabe«, sagte Chris lässig und legte

sich wieder hin. »Du solltest mit dem Kiffen aufhören, Lenny. Tut dir nicht gut.«

»Er hat aber recht«, sagte Moe. »Ich hab es auch gehört: in der dritten Treppenstufe.«

»Ja sicher«, sagte Kaya kichernd, »weil ihr Turteltauben da gemeinsam im Becken rumgemacht habt. Wieso bist du eigentlich nicht in mein Becken gegangen? Ich war allein! Ich hatte Angst!«

»Ich auch«, sagte Chris.

»Und ich erst«, sagte Steven.

»Hättste doch was gesagt«, meinte Chris. »Ich wär gern rübergekommen, um ein bisschen zu kuscheln.«

Mir wurde klar, dass mit diesem Haufen bekiffter Hippies nichts anzufangen war. Ich rappelte mich auf, um allein runterzugehen und nachzusehen.

Das Innere der Fabrik war mittlerweile von schräg einfallenden Sonnenstrahlen halbwegs erleuchtet. Das Licht spielte auf unzähligen winzigen Staubpartikeln.

Es war vollkommen still, wie in einer Kathedrale. Ich ging hinunter in die Eingangshalle. Hier waren die Fenster mit Brettern vernagelt, sodass kaum Licht hereinkam.

Die dritte Treppenstufe sah aus wie alle anderen. Ich stieß mit einem Fuß vorsichtig dagegen. Die untere Leiste war locker, ich konnte sie ohne Mühe herausnehmen. Ein schmaler Schlitz entstand, ich tastete mit der Hand in die Öffnung hinein. Meine Finger berührten das Plastik von gewöhnlichen Einkaufstüten. Doch der Schlitz war zu eng, um die Tüten herauszuziehen. Mit einem festen Ruck nahm ich die Leiste darüber heraus und leuchtete mit meinem Handy in den Hohlraum.

Jackpot.

Dort lagen drei Plastiktüten, eng aneinandergequetscht, zwei von Aldi, eine von Lidl.

Ich holte sie heraus und öffnete sie.

Erst jetzt setzte die Angst ein. Auf meinen Unterarmen prickelte eine Gänsehaut, die auch dann nicht verschwand, als ich mir die Arme rieb. Mein Mund war völlig ausgetrocknet, doch das konnte auch vom Kiffen herrühren.

In der Lidl-Tüte waren, grob geschätzt, zweihundert Pillen in verschiedenen Farben und Formen. Blassrosa Pillen, babyblaue Pillen, lindgrüne Pillen in Rautenform. Sie hatten kleine Prägungen, die ich nicht kannte. In den beiden Aldi-Tüten befanden sich Mini-Tütchen mit Gras und festem Kif.

In die Angstwellen mischte sich ein heller Triumph. Ich hatte Eddies Versteck entdeckt und einen bombastischen Vorrat an Drogen gefunden.

Mit eiligen Handgriffen setzte ich die Leisten wieder ein, bis die Treppenstufe aussah wie vorher. Dann nahm ich die Plastiktüten und lief nach oben, um sie den anderen zu zeigen.

11. KAPITEL

Wir gingen über die Oberbaumbrücke zurück nach Kreuzberg. Es war noch früh am Morgen, dennoch schwitzte ich aus allen Poren. Doch es war nicht die Hitze, die sich allmählich in der Stadt niederließ wie an jedem Tag dieses Sommers. Ich schwitzte, weil ich einen Rucksack voller Drogen trug.

Ich sah stur auf den Bürgersteig und hatte die Kapuze tief in die Stirn gezogen, und dennoch kam es mir vor, als würden alle Leute, die uns entgegenkamen, mich argwöhnisch mustern. Die Partyleute, die aus den Klubs kamen, schienen zu wittern, was ich im Rucksack hatte. Die Leute, die zur Arbeit gingen, machten einen Bogen um mich, als hätte ich eine seltsame Krankheit. Selbst die Kinder, die plappernd auf dem Weg zum Freibad waren, verstummten in meiner Nähe. Der Rucksack war plötzlich bleischwer und wurde mit jedem Schritt schwerer. Ein Hund, der von seinem Herrchen zum Morgengang ausgeführt wurde, schnüffelte an meinem Hosenbein und begann zu kläffen.

Es war ein ganz gewöhnlicher Vormittag, aber mit mir stimmte etwas nicht. Ganz Kreuzberg starrte mich misstrauisch an. Das glaubte ich zumindest. Am liebsten hätte ich den Rucksack mitsamt den Pillen und dem Gras gleich hier in die Spree geworfen. Aber ich ging weiter. Die Sonne brannte auf meine Kapuze, ich schwitzte wie blöd, und alle Leute glotzten mich an. Chris, Steven, Kaya und Moe gingen zehn Schritte hinter mir, als wollten sie mit mir nichts zu tun haben.

Als ich vom Treppenhaus aufs Dach zurückgekommen war und ihnen meine Beute gezeigt hatte, starrten sie mich erst mal nur ungläubig an. Ich breitete die drei Plastiktüten vor ihnen aus.

»Gras und Pillen«, sagte ich und konnte meine Begeisterung nur schwer verhehlen. »Wir sind reich, Leute. Wir sind auf Jahre versorgt. Und Eddie beißt sich vor Wut in den Arsch. Jetzt haben wir sein Zeug. Beste Ware. Party für den Rest des Jahres und die nächsten Jahre noch dazu.«

Chris und Steven setzten sich auf, immer noch reichlich bekifft.

»Was redest du da? Was ist das für ein Zeug?«

»Ich habe Eddies Versteck gefunden«, sagte ich. »Wer zuhört, ist im Vorteil. Dritte Treppenstufe. Wie sein Kumpel gesagt hat. Es ist nicht eine Tüte, es sind drei.«

Auch wenn ich nicht gerade Jubelstürme erwartet hatte, diese verhaltene Reaktion kam mir doch sehr lahm vor. Chris fasste zögernd in die Tüte mit den Pillen und ließ sie durch seine Finger rieseln. Er schnupperte nachdenklich an den Grastütchen. Steven sah nur zu. Auch Kaya und Moe hatten sich aufgesetzt, die Knie angezogen, sie rührten die Tüten nicht an.

»Alter, Alter, Alter«, sagte Chris. Er schüttelte den Kopf.

Die Morgensonne war heraufgekommen, aber plötzlich

wirkte es, als hätte sich ein Schatten auf unsere Gruppe gelegt. Alle saßen schweigend da und betrachteten die drei Tüten.

»Du hast es echt gefunden, Kapuze«, sagte Kaya schließlich. »Toll.«

Begeistert klang das nicht, nur verwirrt und besorgt.

»Vielleicht solltest du es wieder zurücklegen«, sagte Moe. Sie strich sich das Haar aus der Stirn. »Leg es zurück, wir gehen nach Hause und vergessen die Sache.«

»Das ist nicht dein Ernst, oder?«, fragte ich. »Während ihr hier chillt, finde ich Eddies Versteck, nach dem wir neulich endlos gesucht haben. Und jetzt tut ihr so, als hätte ich eine tote Katze angeschleppt.«

»Alter, Alter, Alter«, sagte Chris. »Das Zeug gehört Eddie.«

»Ganz genau«, sagte ich. »Eddie. Dem Türsteherschwein. Dem dicken Dealer. Eddie, der gestern noch die Kneipe von Steven zerlegt hat. Und jetzt ist er euer bester Kumpel, oder habe ich irgendwas nicht mitgekriegt?«

Meine gute Laune war jedenfalls weg. Ich packte die drei Tüten in meinen Rucksack.

»Leg es zurück«, sagte Moe. »Lenny, bitte.«

»Einen Scheiß werde ich tun«, sagte ich. »Das Zeug nehme ich mit. Und ich weiß auch schon, wer morgen angeschleimt kommt und nach etwas zum Kiffen bettelt.«

Chris legte mir eine Hand auf die Schulter, um mich zu beruhigen. »Komm mal runter, Alter. Ist ja toll, dass du es gefunden hast. Aber Moe hat recht, das Zeug ist zu heiß, lass es lieber hier.«

Ich schüttelte seine Hand ab.

»Scheißspießer«, sagte ich. »Ihr könnt mich alle mal.«

Danach packten wir schweigend unseren Kram zusammen. Die leeren Chipstüten. Die Kaffeekanne. Die Becher. Wir waren runtergegangen und aus dem Fenster geklettert, durch das wir reingekommen waren.

Seitdem hatten wir nicht mehr miteinander geredet. Die vier gingen hinter mir und hielten deutlichen Abstand. Mir war es auch lieber so, ich wollte ihre beleidigten Gesichter nicht sehen. Wahrscheinlich hatten sie die gleichen verkniffenen Mienen wie meine Eltern. *Wir machen uns Sorgen, Lennart. Sorgen um dich. Ob du klarkommst. Vielleicht brauchst du Hilfe, professionelle Hilfe.* Diese verlogenen Spießersprüche kannte ich zur Genüge. Kein weiterer Bedarf, vielen Dank auch.

Ich ging vorneweg und trug meinen Rucksack und schwitzte. Ein Polizeiwagen fuhr an uns vorbei. Ich lugte nur kurz unter meiner Kapuze hervor und stiefelte weiter. Die fehlten mir gerade noch. Sie verlangsamten ihre Fahrt und hielten an einer roten Ampel. Ich musste vor ihnen über die Straße gehen. Der Rucksack saß wie ein sauschwerer Felsstein auf meinem Rücken. Chris, Steven, Kaya und Moe hielten sich natürlich im Hintergrund. Aber die Polizisten kümmerten sich nicht um mich, sie gähnten, bis die Ampel umsprang.

Als sich am Heinrichplatz unsere Wege trennten, schaute ich mich nur kurz nach den anderen um und hob lahm die Hand.

»Na dann.«

Die anderen winkten mir ebenso lahm und fremd zu. Moe stand neben Kaya und würde bei ihr schlafen. Umso besser. War mir eh zu stressig, mit ihr in einem Bett zu liegen. Ich war einfach nur bedient und wollte so schnell wie möglich nach Hause.

Keiner der Nachbarn kam mir im Treppenhaus entgegen. Die Wohnung war still und kühl. Zuallererst schloss ich die Vorhänge. Nach fünf Minuten riss ich sie wieder auf, weil ich keinen Verdacht erregen wollte. Nur wer was zu verbergen hat, haust hinter geschlossenen Vorhängen. Den Rucksack mit Eddies Tüten hatte ich erst mal auf die Couch geworfen. Ich machte mir Cornflakes mit Milch, löffelte hastig und überlegte, wo ich die Tüten unterbringen könnte.

Draußen im Hinterhof konnte man die anderen Mieter mit ihren Frühstückstellern klappern hören. Zwei Kinder lachten. Der Hausmeister stand unten im Hof mit einem Gartenschlauch und sprengte die halb verdorrten Sträucher hinter dem Fahrradstand. Ich zog die Vorhänge doch wieder zu. Mit der Welt der biederen Bürger da draußen wollte ich nichts zu tun haben.

Zuerst stopfte ich die Tüten hinter die Spüle. Dort lagerte meine Mutter zahllose Flaschen mit Essig und Reinigungszeug. Nach fünf Minuten zerrte ich die Tüten wieder heraus. In jedem Fernsehfilm konnte man sehen, dass die Polizisten bei einer Wohnungsdurchsuchung zuerst unter der Spüle nachsahen. Ich horchte sogar schon ins Treppenhaus, ob sich Schritte näherten. Aber es war nur der Hausmeister.

Ich legte die Tüten unter meine Matratze. Vorläufig. Aber als ich mich aufs Bett legte, kam mir die Wölbung der Matratze total unnatürlich vor, und ich holte die Tüten wieder heraus. Schließlich warf ich sie einfach auf den Fußboden und legte einen Kleiderhaufen darüber, meine ungewaschenen Jeans und Shirts der letzten vier Wochen. Niemand würde dort suchen. Dann schlief ich endlich ein.

Das Blubbern einer Fatboy Harley weckt mich. Ich sitze in einer fremden Wohnung, in einem Abrisshaus. Die Räume sind leer und kahl. Nur in der Ecke liegen fünf Plastiktüten, prall gefüllt. Sie gehören mir nicht. Ich gehöre hier überhaupt nicht hin. Doch als es klopft, gehe ich zur Tür. Ich frage, wer da ist, aber das Klopfen wird nur noch lauter. Meine Stimme ist hell und zittrig, wie die eines kleinen Kindes.

»Ihr könnt mich mal, ihr Wichser«, sage ich.

Da fliegt die Tür nach einem Fußtritt auf, und Eddie kommt rein.

Wegrennen kann ich nicht. Ich habe vergessen, wie man seine Beine bewegt. Ich stehe einfach nur steif und starr da.

»Hallo, Schleppi«, sage ich.

Er gibt mir eine Maulschelle, noch eine, rechts und links und rechts und links.

»Wo ist es?«, fragt er.

Mein Gesicht brennt von den Schlägen, ich will alles sagen, alles zugeben, ich will einfach nur raus. Ich zeige in das Zimmer, in dem ich eben aufgewacht bin.

Eddie zieht mich am Schlafanzug in das Zimmer hinein. Ich bin nicht älter als acht oder neun Jahre. Ich kann seinen Schweiß riechen, seine Hände sind nass davon, sein Gesicht glänzt.

»Wo ist es?«, fragt er.

Ich zeige ihm die Tüten in der Ecke. Doch da liegen keine Tüten mehr, nur ein Kopfkissen. Eddie wirft mich auf den Boden und presst mir das Kissen aufs Gesicht.

»Wo ist es? Sag schon. Wo ist es?«

Ich kann nicht atmen. Das Kissen erstickt meine Schreie.

Als ich aufwachte, hatte ich mir das Kissen über den Kopf gezogen und war schweißgebadet. Aber die Wohnung war ruhig. Niemand war da außer mir. Trotzdem brauchte ich eine Viertelstunde, um mich von diesem Traum zu erholen.

Das Telefon klingelte.

Ich ließ es klingeln.

Zwei Stunden später klingelte es wieder. Auf dem Display konnte ich sehen, dass es Moe war. Aber ich ging nicht ran. Ich konnte mir vorstellen, was sie wollte. *Bring das Zeug zurück, Lenny. Es gehört Eddie. Mach dir nicht diesen Stress.* Was hatte sie schon für eine Ahnung, welchen Stress ich hatte. Mittlerweile war ich paranoider als jeder Drogendealer. Aber ich wollte diese Sprüche nicht hören, und deshalb ging ich nicht ran.

Später schickte sie noch eine SMS: »Lass uns mal treffen. Liebe Grüße Moe.« Ich antwortete nicht darauf.

Stattdessen probierte ich Eddies Gras. Am Abend baute ich mir einen Joint und rauchte ihn weg. Skuff. Spitzenqualität. Ich war so breit, dass ich mich zwei Stunden lang kaum rühren konnte. Zwischendurch klingelte manchmal mein Handy, doch ich war völlig unansprechbar, unerreichbar. Ich sah den Vorhängen zu, wie sie herumhingen. Ich sah mir eine bescheuerte Talkshow im Fernsehen an und studierte die Studioausstattung. Ich baute Luftschlösser. Mit all dem Gras konnte ich einen soliden Handel aufziehen und richtig Geld machen. Die Sprüche meiner Eltern konnten mir dann endgültig am Arsch vorbeigehen. Ich sah schon meine Kunden vor mir, wie sie Schlange standen und mir Geldbündel in die Hände drückten. Ich würde mehr Kohle machen als Heisenberg.

Ich sah mich vor den Schulbüchern sitzen und lernen, sah mich die Klausuren schreiben, flüssig, elegant, kompetent. Zehn Punkte in Physik, zwölf Punkte in Englisch und Deutsch, neun Punkte in Mathe. Die respektvollen Blicke der Lehrer, wenn sie mir die Klausuren zurückgaben. Mein Vater legt mir stolz die Hand auf die Schulter, *Gut gemacht, Lennart, hab immer an dich geglaubt, ich bin froh, dich als Sohn zu haben.* So breit war ich. Unglaublich. Spitzenqualität. Ich baute mir gleich den nächsten Joint und ein paar Stunden später den dritten.

Irgendwann an einem der nächsten Tage merkte ich, dass nichts mehr zu essen im Kühlschrank war, und ging zum Supermarkt. Normalerweise brauche ich fünf Minuten, um

Käse, Brot, Milch, Schinken, Chips und Schokolade in den Einkaufswagen zu packen. Diesmal verbrachte ich fast eine Stunde im Supermarkt, weil ich dermaßen bekifft war, dass ich orientierungslos zwischen den Regalen umherirrte.

Und als die Kassiererin mich beim Bezahlen fragte, ob ich eine Tüte wollte, antwortete ich ihr: »Danke, ich hab schon drei Tüten geraucht, das reicht mir erst mal.«

Sie sah mich an, als ob ich ernsthafte Probleme hätte.

Im Treppenhaus hielt mich ein Nachbar auf, Herr Schmadtke, ein übertrieben redseliger Typ. Ich schaute zu Boden, damit er nicht meine rot geäderten Augen sah.

»Alles klar, Lennart?«

»Muss, muss.«

»Deine Eltern im Urlaub?«

Ich nickte.

»Lennart allein zu Haus«, sagte er und lachte über seinen Scherz. Ich kann solche Leute nicht ausstehen, die über ihre eigenen Witze lachen.

»Ist ja auch mal toll, die Wohnung für sich allein zu haben«, sagte er. »Kannste mal deine Freundin mitbringen. Das war doch deine Freundin neulich? Oder nur so, für eine Nacht?« Er blinzelte mir zu. Ich nickte immerzu, um ihn möglichst schnell loszuwerden, aber er hielt es für ein angeregtes Gespräch.

»Als ich in deinem Alter war, war ich auch kein Kind von Traurigkeit. Gern mal ein Bier getrunken. Oder ein Schnäpschen. Muss ja auch mal sein. Ich sag nur: Yolo. Hab ich im Internet gelesen. Yolo.«

Ich stand mit ihm auf der zweiten Treppe, seine feuchten Lippen brabbelten diesen vollkommenen Schwachsinn, und ich nickte immer weiter, wie ein Wackeldackel. Immer nett und höflich bleiben, sonst schöpfen sie Verdacht.

Herr Schmadtke stieß mich in die Seite: »Und die Mädchen damals. Ich kann dir sagen, das war schon nicht mehr feierlich. Falls du verstehst, was ich meine.«

Er blinzelte mir wieder zu. Zum Glück kam eine Nachbarin ins Treppenhaus, und Herr Schmadtke wandte sich ihr zu. Ich verabschiedete mich hastig.

Die Tage verrannen. Ich baute mir einen Joint nach dem anderen und verlor jegliches Zeitgefühl. Manchmal kam mir eine Viertelstunde wie eine Ewigkeit vor. Manchmal trieb ich im Internet dahin, sah mir irgendwas auf Youtube an, und plötzlich waren drei Stunden weg. Manchmal stand ich an der Spüle und wusste nicht mehr, was ich dort wollte.

Wenn ich mich schlafen legte, schwor ich mir, am Morgen früh aufzustehen und die Wohnung aufzuräumen. Die Schulbücher rauszuholen und wirklich zu lernen. Solide zu leben. Keine Joints mehr, kein Rumhängen, keine Luftschlösser. Kein Abendessen aus Marmeladebrot und Bier, sondern richtig was kochen. Aber wenn ich dann aufwachte, war der Vormittag schon vorbei und ich immer noch zu müde, um irgendwas anzufangen. Ich kochte mir einen Tee und baute mir den nächsten Joint.

Ich nahm mir vor, Moe anzurufen, mich mit ihr zu treffen,

mit ihr in den Zoo zu gehen. Vielleicht würde es ihr gefallen, die Elefanten anzusehen, die Flusspferde, die Erdmännchen. Ich hatte richtig Sehnsucht nach ihr. Das war mir so noch nie mit einem Mädchen passiert. Ich stellte mir vor, was ich ihr sagen würde, wie ich sie zum Lachen bringen konnte. Aber ich wusste auch, dass ich kein Wort herausbrachte, wenn ich so bekifft war wie jetzt. Also rief ich sie nicht an.

Oder Chris und die anderen. Auch wenn sie sauer waren, als wir aus der Fabrik kamen, waren sie meine Freunde. Wenn wir uns wieder beim *Burgermeister* trafen, würde alles wieder gut sein. Wir würden einfach das nächste Gebäude finden, einen Lokschuppen oder ein verlassenes Umspannwerk, wir würden reingehen und die riesigen Hallen erkunden. Und wir würden uns wieder gut verstehen. Chris war nicht nachtragend, die anderen auch nicht, ich musste einfach nur anrufen und mich mit ihnen treffen.

Aber nicht jetzt gleich. Ich baute mir den nächsten Joint und verschob den Anruf auf den Nachmittag.

Die Tage verrannen, die Nächte versickerten. Draußen war es heiß, und es wäre super gewesen, zum Schlachtensee zu fahren und schwimmen zu gehen. Oder ein Ruderboot zu nehmen und mit Moe über den See zu rudern.

Immer wenn das Telefon klingelte, war ich so in meine Tagträume versunken, dass ich nicht rangehen konnte. Ich konnte mich einfach nicht aufraffen. Ich brachte es nicht einmal fertig, zum Supermarkt zu gehen, als der Kühlschrank wieder leer war. Es war mir einfach zu anstrengend. Im Treppenhaus würde ich garantiert auf Herrn Schmadtke treffen, und er würde mich wieder zutexten. Die Kassiererin würde mich blöd anstarren, wenn ich nach dem Kleingeld kramte. Ich blieb zu Hause und baute mir den nächsten Joint.

Wie viele Tage so dahingingen, weiß ich nicht. Irgendwann klingelte es an der Wohnungstür. Ich tat, als wäre niemand zu Hause. Irgendein Paketbote für die Nachbarn. Oder der Hausmeister. Oder Herr Schmadtke, der jemanden zum Reden brauchte. Oder Eddie, der irgendwie herausgefunden hatte, wer sein Zeug mitgenommen hatte, und es zurückhaben wollte. Nein, ich ging nicht an die Tür.

Das Klingeln hörte nicht auf. Wer auch immer vor der Tür stand, hatte den Finger auf die Klingel gelegt und nahm ihn nicht weg. Das Klingeln schrillte durch die Wohnung und hörte nicht auf. Jemand klopfte an die Tür.

Ich wollte meine Ruhe haben. Aber die Klingel schrillte hartnäckig weiter, und schließlich ging ich doch an die Tür.

12. KAPITEL

Draußen standen Moe, Kaya, Steven und Chris. Ich wusste nicht, ob ich mich freuen sollte oder weiterhin sauer auf sie war. So, wie sie dastanden und mich betrachteten und dabei von einem Ohr zum anderen grinsten, hätte ich die Tür am liebsten gleich wieder zugeschlagen. Aber mir war mittlerweile klar, dass drinnen nur die nächsten Joints warteten, die nächsten Tage und Nächte in Kifftrance. Davon hatte ich genug.

»Tach«, sagte ich schließlich. Eine Treppe über uns lauschte vermutlich Herr Schmadtke an seiner Tür. Er hielt sich gern auf dem Laufenden darüber, was im Haus geschah.

»Hallöchen«, sagte Kaya und schnalzte anerkennend. Mein Anblick schien sie echt zu begeistern. In diesem Moment wurde mir bewusst, dass ich nur in Unterhose dastand. Die Wohnung war so aufgeheizt, dass ich seit Tagen nicht anders herumlief. »Endlich mal ein paarungsbereiter junger Mann. Darf ich reinkommen? Die anderen warten sicher gern die Viertelstunde draußen.«

Moe stieß ihr den Ellenbogen in die Hüfte. »Lass ihn. Siehst doch, dass er total fertig ist.«

Chris schnupperte in Richtung Wohnung. »Kann es sein, dass hier jemand mit Betäubungsmitteln in nicht unerheblichen Mengen herumgespielt hat?«

»Seid ihr deswegen gekommen?«, fragte ich zurück. »Erst

den Spießer raushängen lassen und dann angekrochen kommen.«

»Nee«, sagte Moe. »Wir fahren raus nach Beelitz und wollten fragen, ob du mitkommst.«

»Was soll ich in Beelitz«, sagte ich. »Der Spargel ist doch längst gestochen.«

»Wir schauen uns die alten Lungenheilstätten an«, sagte Chris. »Riesiges verlassenes Krankenhaus, hundert Jahre alt, zuletzt war die russische Armee drin. Seit den Neunzigern ist da niemand mehr, außer vielleicht ein paar Gespenster. Und jetzt hör auf rumzuzicken und zieh dir was an. Wir müssen los. Wenn du in deinem verstrahlten Zustand überhaupt noch geradeaus laufen kannst.«

Freunde. Man kann sie sich nicht aussuchen.

Ich holte mir meine Klamotten, steckte Geld ein, zog meine Schuhe an. Als ich wieder zur Tür kam, standen die vier immer noch da.

Wir nahmen die letzte Regionalbahn raus aus der Stadt. Als der Schlachtensee und der Wannsee an uns vorbeiglitten, besserte sich meine Laune. Es war gut, unterwegs zu sein. Viel besser, als zu Hause die Vorhänge anzustarren. Wir verließen die Stadt, fuhren durch Potsdam und kamen aufs flache Land hinaus. Hoch am Himmel schwirrten Schwalben.

Die anderen hatten sich geradezu professionell vorbereitet. Sie trugen feste Turnschuhe, strapazierfähige Sachen, hatten Kameras, Proviant, Thermoskannen und Taschenlampen dabei. Urban Exploration ist eine Kunst und ein Handwerk. Doch in den letzten Tagen hatte ich ziemlich den Faden verloren.

Chris gab mir einen Lageplan der Heilstätten. »Hab ich aus dem Internet gezogen. Das Gelände ist nicht bewacht. Kann sein, dass gelegentlich mal der Dorfpolizist vorbeifährt.«

»Hunde gibt's da jedenfalls nicht«, sagte Moe, »höchstens ein paar Füchse.«

»Füchse sind in Ordnung.«

Sie schaute mich kurz an. Ich merkte, dass zwischen uns auch alles in Ordnung war. Keine Ahnung, warum, keine Ahnung, wie. Doch in mir breitete sich eine wohlige Wärme aus. Ich musste lächeln. Offenbar konnte die Kapuze mein Lächeln nicht ganz verbergen, denn Moe grinste ebenfalls.

Kaya schüttelte wie entnervt den Kopf. »Leute, Leute, zwischen euch geht's ja voll ab. Bollywood galore.« Sie klang diesmal aber nett, einverstanden.

»Was habt ihr gemacht in der Woche?«, fragte ich.

»Wir waren in der alten irakischen Botschaft, oben in Pankow«, sagte Chris. »Das Haus steht seit Langem leer. Über das Dach kommt man ziemlich leicht rein. Überall hängen noch Bilder von Saddam Hussein rum, als sei die Zeit stehengeblieben.«

»Klingt gut«, sagte ich, »aber wieso habt ihr mich nicht mitgenommen?«

Steven seufzte. »Digga, geh mal ans Telefon, geh mal auf Facebook, wir haben dich dauernd angerufen. Aber du warst offensichtlich in irgendein Kifferparalleluniversum abgedriftet. Wir haben sogar bei dir geklingelt, ehe wir losgegangen sind. Keine Antwort. Nur dein Schnarchen, das abends um zehn durch den Hinterhof sägt. Moe hat fast geheult vor Enttäuschung.«

»Hab ich nicht«, sagte Moe.

»Hast du wohl«, sagte Kaya. »Fast jedenfalls.«

Ich erinnerte mich schemenhaft an einige Anrufe. Ich war nicht rangegangen, weil ich glaubte, meine Eltern wollten nachforschen, was ich so trieb. Sie bekamen es immer gleich raus, wenn ich bekifft war, auch am Telefon. Meine Antworten kommen dann etwas zeitversetzt, als würde mein Gehirn lahmen.

Auch an das Klingeln an der Tür konnte ich mich erinnern, ziemlich vage. Ich hatte angenommen, dass Eddie und seine Leute ihr Zeug abholen wollten. Hatte mich im Bett versteckt und die Decke über den Kopf gezogen. Typische Kifferparanoia.

»Sorry«, sagte ich. »War ziemlich breit in den letzten Tagen.«

»Kann mal wohl sagen.«

»Was ist sonst noch gewesen?«

»Kaya ist jetzt mit Chris zusammen«, sagte Moe.

»Bin ich nicht«, sagte Kaya.

»Bist du wohl.«

»Träum weiter, du Flittchen.«

»Habt ihr rumgeknutscht oder nicht?«

»Wir waren betrunken«, sagte Kaya.

Ich sah Chris an, um eine Antwort zu bekommen. Er zog die Schultern hoch und nickte. Dann schaute er rüber zu Kaya und sagte: »Ich würde auch mit dir rumknutschen, wenn ich nicht betrunken bin.«

»Ruf mich an, wenn dieser unwahrscheinliche Fall eintritt.«

Wir stiegen in Beelitz aus. Die Bahnstation war dunkel. Niemand außer uns stieg aus. Der Zug setzte sich bald wieder in Bewegung, seine Lichter verschwanden in der Nacht. Zurück blieb der Nachtwind, der hier ein wenig kühler wehte als in der Stadt. Und der Sternenhimmel. Und das leichte Rauschen der Kiefernwälder. Wir kamen uns vor wie am Ende der Welt.

Ein Fußweg führte durch das Wäldchen hindurch und endete an einer brüchigen Mauer. Wir waren im Nu drüber.

»Die großen Gebäude stehen alle leer«, sagte Chris. »Nur ein einziges Haus ist bewohnt, ein früheres Maschinenhaus. Dort wohnt jetzt ein Berliner Ehepaar, sind aber friedliche Leute, sie schnüffeln nicht rum. Wenn wir keinen Lärm machen, wird uns niemand stören.«

Wir schlichen durch verwilderte Wege, durch Gestrüpp und Unterholz, vermutlich war hier früher einmal ein Park gewesen. Am Rand sahen wir das Licht des bewohnten Hauses schimmern und hielten uns fern davon. Zum Glück konnten wir auf unsere Taschenlampen verzichten, weil das Mondlicht hell genug schien. Moe ging neben mir.

Nach einer Weile erreichten wir die Hauptgebäude des

Sanatoriums. Sie waren eine Wucht. Unglaublich alt und unglaublich schön. Dazwischen standen Kiefern und Föhren, ihre Nadeln knisterten im Nachtwind. Manchmal klang es, als würde ein unsichtbares Heer von Lungenkranken und Schwindsüchtigen um Luft ringen.

»Spooky«, sagte Steven. Und er hatte recht. Dieses hohle Hüsteln verfolgte uns bis in die Gebäude hinein, als stünden hinter jeder Ecke Gespenster und atmeten mit schadhaften Lungen.

Wir kletterten durch ein offenes Fenster in den ersten Pavillon und gelangten auf einen schier endlosen Flur, von dem die Krankenzimmer, Untersuchungsräume und Kleiderkammern abgingen. Moe und Kaya verschwanden im Treppenhaus, Chris und Steven fotografierten zwei Rollstühle, die vergessen in einer Ecke standen.

Ich ging allein weiter und kam in einen riesigen Raum, der einmal der Speisesaal gewesen sein musste. Obwohl er jetzt leer war, konnte ich mir vorstellen, wie hier an langen Tischen und Bänken die Patienten ihr Mittagessen löffelten. Etwa hundert Männer, ausgezehrt und hohlwangig von einer jahrelangen Tuberkulose. Arbeiter und kleine Angestellte aus den engen, feuchten Kellerwohnungen der Berliner Mietskasernen. Hatten sich angesteckt bei ihren Kollegen, ihren Frauen, hatten ihrerseits ihre Kinder angesteckt. Die Schwindsucht macht ihrem Namen alle Ehre: Sie lässt einen Menschen schwinden. Über Jahre nistete die Krankheit in ihnen, bis aus dem anfänglichen Hüsteln ein bellender Husten wurde, ein keuchender Husten, der die Nächte hindurch anhielt und sie Blut spucken ließ. Jetzt waren sie hier, im Sanatorium am Rande der Stadt, manche von ihnen nicht mehr zu retten, todgeweiht. Andere auf dem Weg der Besserung. Viele von ihnen immer noch mit einem trockenen Husten hinter vorgehaltener Hand. Die Augen fiebrig glänzend. Manchen zitterten die Hände, wenn sie den Löffel zum Mund führten. Sie unterhielten sich leise murmelnd, kaum hörbar. Die Patienten, die mit dem Essen fertig waren, schlurften hinaus, den Blick gesenkt, und kamen an mir vorbei, ohne mich zu bemerken.

»Träumst du?«, fragte Moe, die plötzlich neben mir stand.

Ich schreckte auf. Der Saal war leer. Durch die hohen Fenster fiel das fahle Licht des Mondes.

Ich erzählte ihr, was ich gesehen hatte. Sie ließ den Blick durch den Saal schweifen, dann nickte sie.

»Ich kann sie auch sehen«, sagte sie. »Und es riecht nach Kartoffelsuppe, nach Steckrüben.«

»Besser als in der Fleischfabrik.«

Sie schaute mich an. »Denkst du noch oft daran?«

Ich nickte.

»An die Pökelbecken?«

Ich nickte.

»Ich auch«, sagte sie. »Und an die Nacht danach.«

Wir sahen uns vorsichtig an. In diesem Moment kam Kaya hereingeplatzt. »Chic hier. Aber drüben ist es noch besser, ein Saal mit Bühne und russischen Wandmalereien.«

Wir folgten ihr durch den langen Gang, und jetzt war das Haus nur ein altes, verlassenes Sanatorium, es gab keine Gespenster darin, nur Moe und mich, Kaya und die anderen.

Offenbar war es später von der sowjetischen Armee als Krankenhaus benutzt worden. Der Saal, den wir betraten, war ähnlich groß wie der Speisesaal vorhin, doch er hatte eine richtige kleine Bühne. Die Wände waren in lebhaften Farben mit Musiknoten und Blumen bemalt. Die Stirnseite zeigte eine russische Taiga-Landschaft mit Birkenwäldchen. Die Farbe war an vielen Stellen abgeblättert, darunter kam die hellblaue Farbe der früheren Jahrzehnte zum Vorschein.

Erst als Kaya und Moe gegangen waren, belebte sich für mich die Szenerie. Diesmal füllte sich der Raum mit jungen Rotarmisten. Sie trugen einheitliche Krankenklamotten, in denen sie wie Häftlinge aussahen. Einige von ihnen hatten Verbände am Kopf, andere trugen die Arme bandagiert, doch sie alle sangen. Was sie sangen, hörte ich nicht, ich sah nur ihre inbrünstigen Gesichter, die weit geöffneten Münder, in denen viele Stahlzähne schimmerten. Auf der Bühne standen drei Soldaten, die sich auf ihre Krücken stützten, während sie sangen. Ein Akkordeonspieler begleitete sie, er trug eine altertümliche russische Tracht, einen Kittel aus Sackleinen und schwere Stiefel.

Der ganze Saal sang, und obwohl ich nichts hörte, war mir die Sehnsucht dieser jungen Männer fast schmerzhaft spürbar, die Sehnsucht nach ihrer Heimat, ihrem Dorf, ihren Müttern, ihren Frauen und Kindern. Sie waren zwar zurückgekehrt aus dem Krieg, doch gestrandet in diesem Krankenhaus am Rande Berlins, und alles, was sie tun konnten, um ihre Sehnsucht zu stillen, war singen.

Dann hörte ich die Schritte der anderen, und das Bild verflüchtigte sich. Der Saal war wieder leer. Vor den Fenstern wehte der Wind in den Nadelbäumen, und ein Käuzchen schrie.

»Lennart, wo treibst du dich rum?«

Ich schüttelte mir die letzten Bilder aus dem Kopf und lief zu den anderen.

Wir stiegen gemeinsam in den zweiten Stock hinauf und von dort auf den Dachboden. Die anderen packten den Proviant aus: Salami und Käse, Schokolade und Kekse, eine Flasche Rotwein, zwei Baguettes. Es wurde ein ordentliches Nachtmahl, und wir erzählten einander, was wir entdeckt hatten. Chris und Steven ließen ihre Fotoapparate herumgehen und zeigten die düsteren Bilder der Krankenzimmer und Operationssäle.

Der volle Mond schien durch die Dachziegel hindurch. Wir rückten eng aneinander und schwiegen. Ich fand es gut, mit meinen Leuten hier zu sein, fern von der vor Hitze glühenden Stadt, fern von Eddie und seinen Kollegen, fern von der Schule und auch von meinen Eltern. Zum ersten Mal seit Tagen war ich nüchtern und froh darüber, und als Chris einen Joint herumreichte, schüttelte ich den Kopf.

Ich schaute immer wieder Moe an und merkte, dass ich jede ihrer Gesten mochte, ihre Seitenblicke, das Spiel ihrer langen Finger, ihre Hüften, wenn sie sich streckte. In diesen Momenten fühlte ich mich nicht als Versager, sondern einfach nur jung und unbesiegbar. Jedes Mal, wenn sie mich ansah, musste ich lächeln, und dann hob sie auf unnachahmliche Weise ihre Augenbrauen und lächelte zurück.

In unserem Schweigen war nichts weiter zu hören als der Nachtwind, der durch die Föhren und Kiefern wehte, und das gelegentliche, ruckartige Bellen von Rehen, das sich anhörte wie ein schwerer Husten aus einem anderen Jahrhundert.

Wir schreckten zusammen, als draußen auf der Landstraße das Dröhnen einer Rotte Motorradfahrer näher kam. Doch sie fuhren vorbei, und wir packten unsere Sachen ein, um die anderen Gebäude zu erkunden, ehe wir den ersten Zug zurück nach Berlin nahmen.

Ich ging allein los, weil ich neugierig war, ob sich wieder Szenen aus der Vergangenheit des Hauses einstellen würden. Ich wollte nicht gestört werden, sondern offen sein für die Nachtgestalten, die sich mir zeigen wollten. Inzwischen sickerte das graue Licht des Morgens durch die Ritzen der Fenster. Als ich eine Halle mit einem hohen Kuppeldach betrat, regten sich die Geister der Vergangenheit. Ich setzte mich still an die Seite und atmete so leise wie möglich. Vor meinen Augen entfaltete sich eine gespenstische Szene. Ich wusste nicht, ob ich träumte oder ob das Sanatorium träumte und mich daran teilhaben ließ.

Der Saal war rundum gekachelt. In der Mitte, unter der mächtigen Kuppel, befand sich ein großes Wasserbecken. Offenbar war das Wasser sehr heiß, denn es stiegen Nebelschwaden daraus auf, und zwischen diesen Schwaden bewegten sich nackte, dürre Männer. Sie tappten gebeugt auf die Treppen zu, die ins Wasser führten. Ihre Körper wurden von Hustenanfällen geschüttelt. Die verschiedenen Arten des Hustens prallten von den Kacheln ab und erfüllten den Saal mit einem Wust von kläffenden, röchelnden, keuchenden, rasselnden Lauten. Die Männer achteten nicht aufeinander, jeder blieb für sich. Auf spindeldürren Beinen tasteten sie sich voran, streckten die Hände aus nach dem Geländer, das hinunter ins Becken führte. Ihre Brustkörbe wurden unter den Hustenattacken erschüttert. Manche Männer beugten sich wie unter Krämpfen nach vorn und spuckten blutigen Auswurf von sich.

Plötzlich musste ich selbst husten. Die Männer blieben stehen. Sie hoben witternd die Köpfe. Sie drehten sich mühsam um in meine Richtung und starrten mich an. Dann bewegten sie sich auf mich zu. Ich konnte mich nicht bewegen, konnte nicht aufstehen und wegrennen, ich blieb wie gelähmt sitzen, denn ich sah, dass sie mich aus toten Augen anstarrten.

Dann schlüpfte eine warme Hand in meine, die eiskalt geworden war.

»Was machst du hier, Lennart?«, fragte Moe.

»Nichts«, flüsterte ich. »Siehst du sie auch?«

»Sehe ich wen?«, fragte sie.

Die Nebelschwaden lösten sich auf, die nackten Gestalten verschwanden mit ihnen. Es war kein Husten mehr zu hören, nur die spröde Stimme von Moe.

»Was meinst du?«

Ich erzählte ihr, was ich gesehen hatte, und sie sagte nichts, sie hörte nur zu, und dann beugte sie sich zu mir und küsste mich.

Auf dem Rückweg zur Bahnstation ging Steven neben mir. Er hatte die ganze Nacht über wenig gesagt.

Jetzt fragte er: »Die Sachen von Eddie, hast du die aufgebraucht?«

Ich musste lachen. »Das ist dermaßen viel, davon könnte ich ein Jahr lang kiffen, und es wäre immer noch was da.«

Steven lachte mit mir.

»Muss ein seltsames Gefühl sein, solche Mengen zu Hause zu lagern. Wie versteckst du das vor deinen Eltern?«

»Die sind in Italien.«

»Wann sind sie zurück?«

»In zehn Tagen.«

»Und dann? Wenn deine Mutter das Zeug beim Putzen entdeckt?«

Ich zuckte mit den Schultern. »Keine Ahnung. Ich weiß einfach nicht, wo ich es sonst hinpacken kann.«

Steven schwieg eine Weile. Wir erreichten den Bahndamm, aber es war noch zu früh für den ersten Zug nach Berlin rein. Moe, Kaya und Chris setzten sich ins Wartehäuschen.

Steven hielt mich zurück. »Hör mal, ich kann es ja nehmen und im Keller der Kneipe verstecken. Dort ist es sicher. Da kommt keiner hin, auch wenn Eddie den Laden noch mal auseinandernimmt. Kannst mir immer sagen, wenn du was brauchst.«

Sein Angebot klang vernünftig. In den letzten Tagen hatte ich mich genug gestresst, weil ich diese Unmengen von Gras und Pillen in meiner Wohnung versteckt hielt. Deshalb nickte ich.

»Danke, Digga.«

Steven grinste. »Kein Ding. Dazu sind Freunde da.«

Der Zug kam durch den Morgennebel. Er war nahezu leer, und die wenigen Leute, die so früh nach Berlin hineinfuhren, sahen völlig verpennt und missmutig aus.

Wir frühstückten noch gemeinsam vor der türkischen Bäckerei am Landwehrkanal, und als sich Steven, Chris und Kaya verabschiedeten, blieb ich mit Moe sitzen. Ich wartete auf den Schwan, der vor einigen Tagen aufgestiegen war. Doch ich brauchte ihn nicht wirklich, um Moe zu fragen, ob sie bei mir übernachten wollte.

Sie nickte.

Wir schlichen die Stufen in unserem Treppenhaus hoch. Glücklicherweise schlief Herr Schmadtke noch. Auch der Hausmeister war nirgends zu sehen. Moe schnupperte interessiert, als ich die Wohnungstür aufschloss.

»Riecht irgendwie nach Puma«, sagte sie.

Danach lagen wir unter einem Sommerlaken und hielten einander im Arm, bis wir einschliefen.

13. KAPITEL

Zu Hause hielt ich es nicht mehr aus. Die Tüten mit den restlichen Drogen hatte ich am nächsten Tag an Steven weitergegeben, der sie in der Kneipe verstecken wollte. Ich war wirklich erleichtert, als das Zeug nicht mehr in meinem Zimmer herumlag. Die Wohnung sah ohnehin schlimm genug aus. In der Spüle stapelten sich Türme von ketchupverkrusteten Nudeltellern, Kaffeetassen, verschimmelte Reste von Marmeladenbroten, Müslischälchen, Milchtüten. Meine Klamotten lagen in störrischen Haufen überall verteilt, als würden sie sich von selbst vermehren und herumwandern.

Egal. Nach meiner Rechnung kamen meine Eltern in zehn Tagen aus Italien zurück. Bis dahin musste ich die Zimmer aufgeräumt, das Geschirr abgewaschen, die Fußböden gesaugt haben. Bis dahin musste ich die Schulbücher durchgearbeitet und die Französischvokabeln gelernt haben.

Aber zehn Tage sind eine lange Zeit. Ich ließ die Wohnung erst mal, wie sie war. Solange ich hier allein herumhockte, wurde ich das Gefühl nicht los, ein hoffnungsloser Fall zu sein, ein Reinfall, ein Totalversager, der schwarze Fluch im Leben meiner armen Eltern.

Stattdessen ging ich raus und lief mit Moe durch die Gegend. Wir konnten stundenlang gehen und uns unterhalten. Mit ihr hatte ich keine Sekunde lang das Gefühl, ein Volltrottel zu sein. Wir liefen am Landwehrkanal entlang, besuchten die Friedhöfe an der Bergmannstraße und saßen etliche Stunden am Teich in der Hasenheide. Ich unterhielt mich gern mit ihr, sie war auf eine vertrackte Weise witzig.

Moe schien endlos Zeit zu haben. Sie wollte nie nach Hause gehen. Mir war das lieb, ich konnte von ihr nicht genug kriegen. Aber irgendwann fragte ich sie doch: »Bekommst du keinen Ärger mit deiner Mutter, wenn du nie nach Hause kommst?«

Moe schüttelte den Kopf. »Nee. Wenn überhaupt, dann mit meinem Vater. Aber der ist fast nie da.«

»Und deine Mutter?«

»Ich hab keine Mutter mehr«, sagte sie und machte einen runden Buckel wie eine Katze. Ich war so verblüfft, dass ich nicht weiter fragte.

Dann kam der Tag, an dem wir über das Rollfeld des Tempelhofer Flughafens liefen. Der Flughafen war vor wenigen Jahren geschlossen worden, und die riesigen Landebahnen waren freigegeben für Spaziergänger, Inlineskater, Radfahrer, Jogger. Nirgendwo sonst hatte man in Berlin das Gefühl, so freie Sicht zu haben, einen so großen offenen Himmel über sich.

Wir unterhielten uns über die Länder, die wir unbedingt sehen wollten, wenn wir mit der Schule fertig waren, und verließen irgendwann das Flugfeld und gingen weiter durch die Straßen Neuköllns.

Wir kamen an einer hohen Mauer vorbei, und ich fragte mich gerade, was wohl dahinter wäre.

»Mensch, das ist das Krankenhaus, von dem der Raucher aus der Fleischfabrik erzählt hat«, sagte Moe.

Wir blieben stehen. Die Mauer endete an einer Einfahrt. Ein Eisentor versperrte den Weg auf das Gelände.

»Ja«, sagte ich, »und er hat uns echt davor gewarnt, da reinzugehen.«

»Wir gehen ja nicht rein«, sagte Moe. »Wir schauen es uns bloß mal an.«

Einladend sah es nicht aus. Kein Krankenhaus sieht einladend aus. Dieses hier war hundert Jahre alt und schien selbst sehr krank zu sein. Die Fenster standen offen. Der Putz war an vielen Stellen der Außenwände abgefallen. Auf den Treppenstufen des Portals wuchsen kleine Birken. Der Eingang wurde von schwarzen Säulen flankiert. In der Mitte des Vorbaus prangte eine fein geschwungene Inschrift: *Erbaut während des großen Krieges 1914–1917.*

Daneben waren Porzellan-Reliefs mit kleinen Szenen zu sehen: eine Hebamme mit einem Baby auf dem Arm, ein krankes Kind im Bettchen, eine Mutter wickelt ihr Baby. Die Bildchen waren hundert Jahre alt, aber an diesem Abend wirkten sie lebendig und gegenwärtig. Sie standen allerdings in einem krassen Kontrast zur sonstigen Atmosphäre des Krankenhauses, die mir einen eigenartigen Horror einflößte.

Oben am Dach hatte es offensichtlich mal gebrannt. Die Hälfte des Daches fehlte, und man sah die verkohlten Dachsparren, die wie ein Dinosaurierskelett in den blassen Himmel ragten. Auch die Fenster und das Mauerwerk des oberen

Stockwerks waren schwarz verrußt. Hier war etwas Furchtbares geschehen.

»Das sieht wirklich unheimlich aus«, sagte Moe.

In diesem Augenblick schien sie wie verwandelt. Sie wirkte gespannt, sprungbereit, alle Sinne wach. Offensichtlich wollte sie unbedingt reingehen, und ich wusste nicht, wie ich sie davon abhalten konnte.

»Geht da nicht rein!«, rief eine Frau hinter uns. Sie saß an der Bushaltestelle zwanzig Meter vor der Einfahrt zum Krankenhaus. »Da gehört ihr nicht hin.«

Wir gingen auf sie zu, um ihr zu zeigen, dass wir keinerlei Absicht hatten, über die Mauer zu klettern. Sie trug eine Jogginghose und einen billigen Anorak, hatte die Beine gekreuzt und die Arme verschränkt. So saß sie auf der Wartebank und schaukelte vor und zurück, vor und zurück.

»Geht da lieber nicht rein«, sagte sie. Ihre Stimme klang kindlich, obwohl sie etwa vierzig Jahre alt war. Das Haar hatte sie zu einem unordentlichen Pferdeschwanz verknotet.

»Habt ihr mal 'ne Zigarette?«, fragte sie, als wir vor ihr standen. Ich gab ihr meinen Tabak. Noch nie habe ich jemanden so rasch eine Zigarette drehen gesehen wie diese Frau.

»Warten Sie auf den Bus?«, fragte Moe.

»Ich will nach Bielefeld«, sagte die Frau.

Mir wurde unbehaglich zumute. Irgendetwas stimmte mit ihr nicht. Ihre Stimme nervte mich, sie war weinerlich und trotzig zugleich.

Moe ließ sich nichts anmerken.

»Was wollen Sie denn in Bielefeld?«, fragte sie.

»In Bielefeld wohnt meine Mutter, und die will ich besuchen«, sagte sie, »in Bielefeld!«

Der Bus kam und hielt. Die Frau rührte sich nicht vom Fleck. Sie schaukelte ihren Oberkörper vor und zurück, vor und zurück, rauchte ihre Zigarette und lachte plötzlich laut auf.

Der Busfahrer rief durch die geöffnete Tür: »Wollt ihr jetz mit oda nich?«

Wir schüttelten alle den Kopf.

Er schüttelte ebenfalls den Kopf und fuhr weiter.

»Warum sollen wir da nicht reingehen?«, fragte ich und deutete auf das Krankenhaus.

»Da leben kranke Leute«, sagte die Frau, »sehr kranke Leute.«

Sie schaute uns mit großen runden Augen an und schaukelte weiter. »Schon ganz lange.«

Ich wollte weiter. Bei der Frau waren offensichtlich ein paar Schrauben locker. Aber Moe sah sie von der Seite an und wartete. Die Frau schaukelte weiter vor und zurück. Dann nahm sie Moes Hand und fing an zu erzählen.

»Ich bin da mal gestorben. Da war ich noch ein Kind. Das ist lange her. Dann bin ich wieder aufgewacht und lag in einem Bett. Da kam Albert Einstein zu mir und sagte, ich soll den schmutzigen Dritten Weltkrieg verhindern. Ich ganz allein. Da bin ich durch alle Gänge und Zimmer gelaufen. Es war aber niemand mehr da, die Betten waren leer. Die Fenster standen offen, und der Wind wehte rein. Dann bin ich nach unten gegangen, und da waren die kranken Leute. Sie haben mich ausgelacht. Und ich bin rausgelaufen und wollte mit dem Bus nach Bielefeld fahren, wo meine Mutter wohnt. Aber der Bus kam nicht.«

Mir lief es kalt den Rücken herunter, als sie erzählte. Aber Moe nickte, als könnte sie nun besser verstehen, warum die Frau nach Bielefeld wollte.

Die Frau schaukelte weiter vor und zurück. Ich nahm Moes Hand und räusperte mich.

»Tut mir leid, aber wir müssen echt weiter.«

Die Frau reagierte nicht, sie schaute uns einfach weiter an, als wartete sie auf irgendwas.

Als wir die Bushaltestelle verließen, stand sie hektisch auf und kam über die Straße gerannt. Sie lief auf Moe zu, fasste sie an den Schultern und flüsterte ihr etwas ins Ohr. Moe zuckte nicht zurück, sie hörte ihr einfach zu. Die Frau umarmte sie unbeholfen.

»Überleg's dir«, sagte sie. Dann lief sie wieder über die Straße und verschwand zwischen den Bäumen des Parks.

Ich drehte mich noch einmal zum Krankenhaus um. Die blassviolette Fassade schimmerte im Sonnenlicht. Und die zahllosen offenen Fenster blickten uns irgendwie hasserfüllt hinterher.

Moe wollte lange nicht damit herausrücken, was die seltsame Frau ihr gesagt hatte. Aber sie schien wie besessen von diesem Krankenhaus.

»Ich will da reingehen«, sagte sie, als wir durch die Hasenheide liefen.

»Lieber nicht«, sagte ich.

Wenn ich nur an die verkohlten Dachsparren dachte, bekam ich eine Gänsehaut. Manchmal hat man so ein Gefühl, und es war kein gutes Gefühl.

»Das ist der seltsamste Ort, den ich jemals gesehen habe«, sagte Moe, als wir in meiner Wohnung lagen und Musik hörten. »Da geht irgendwas vor sich. Irina weiß, was da los ist.«

»Wer ist Irina?«

»Die eigenartige Frau an der Bushaltestelle.«

»Das hat sie dir gesagt, als sie dir ins Ohr geflüstert hat?«

Moe gab keine Antwort. Sie sah vor sich hin und wirkte so entschlossen, wie ich sie noch nie erlebt hatte. Ich betrachtete ihre Wimpern, die winzige Flügelschläge machten. Den sanften Bogen ihrer Augenbrauen. Ihre Ohrläppchen. Das Haar, das sich in ihrem Nacken kräuselte. Ich spürte, dass ich mich unaufhaltsam in sie verliebte, und ich tat nichts dagegen, ich schaute sie immer nur weiter an.

»Ich will da reingehen«, sagte sie endlich.

»Lass uns lieber Französisch lernen.«

Moe sah mich von der Seite an. Sie hatte plötzlich einen leicht spöttischen Blick. Ich musste selbst kichern. Sie beugte sich zu mir herüber und küsste mich.

Wir saßen vor dem geöffneten Fenster, der Mond schien

groß und warm über uns. Es war eine dieser Sommernächte, die man niemals vergisst.

Am nächsten Tag fuhren wir hinaus zum Schlachtensee. In der Stadt war die Hitze kaum noch auszuhalten. Über den See wehte immerhin ein leichter Wind. Wir holten uns ein Boot und ruderten langsam am Ufer entlang.

Ich wollte nirgends sein als hier mit Moe. In Italien würde ich mit meinen Eltern von einer Kirche in die nächste latschen, beide würden sich sehr kunstsinnig geben und stundenlang den Altar bewundern, während ich in einer Kirchenbank hocken und warten würde, dass sie endlich fertig werden.

Die Tage in meiner Wohnung, als ich mir einen Joint nach dem anderen reingezogen hatte, lagen jetzt weit zurück. Ich konnte es kaum glauben, dass ich so verpeilt gewesen war. Jedenfalls vermisste ich das Zeug von Eddie nicht wirklich. Ich hoffte nur, dass Steven einen guten Platz dafür gefunden hatte. Vielleicht konnte man es später irgendwie verkaufen. Wir hatten nichts mehr von ihm gehört, auch nicht von Chris und Kaya. Ich wollte nirgends sein als hier mit Moe.

»Ich will da reingehen«, sagte sie.

Die kaum merklichen Wellen bewegten unser Boot. Vom Ufer her kamen die Stimmen der anderen Leute, Musik und der sanfte Wind. »Ja, lass uns schwimmen gehen«, sagte ich.

»Ich meine das Kinderkrankenhaus«, sagte sie. »Würdest du mitkommen?«

»Kannst du an nichts anderes mehr denken?«, fragte ich.

Da war es wieder, dieses mulmige Gefühl. Ein leichtes Grummeln im Bauch, wenn ich an die blassviolette Fassade dachte und an die leeren Fenster, die uns seltsam bösartig nachstarrten. Ich hatte eine Gänsehaut auf den Armen, obwohl es einer der heißesten Tage des Sommers war.

Moe nickte. »Ich denke dauernd daran. Weiß auch nicht, wieso. Es lässt mir keine Ruhe. Das ist mir noch mit keinem anderen Ort so gegangen, außer vielleicht mit der Fabrik an der Spree.«

»Was hat die Frau denn zu dir gesagt?« Ich hatte sie bestimmt schon acht Mal danach gefragt, und sie hatte jedes Mal geschwiegen. Auch jetzt sagte sie nichts. Sie schaute über den See und biss sich nachdenklich auf die Lippen.

»Die Frau ist doch nicht ganz dicht«, sagte ich. »Soll sie doch nach Bielefeld fahren. Soll sie doch den schmutzigen Dritten Weltkrieg verhindern. Was immer sie dir erzählt hat, das kannst du doch nicht ernst nehmen. Ich glaube, die nimmt einfach ihre Pillen nicht.«

»Du hast Angst vor ihr«, sagte Moe.

»Ja, habe ich. Und vor dem Krankenhaus.«

»Ich auch«, sagte sie. »Und trotzdem.«

Dann gingen wir schwimmen, und für eine Weile schien sie das Krankenhaus zu vergessen. Aber ich wusste, während wir hier im kühlen Wasser schwammen, die Sonne über uns, wartete drüben in Neukölln die Ruine des Krankenhauses, eine fette Spinne, die auf uns lauerte. Wir zappelten längst in ihrem Netz.

Ich wollte Zeit gewinnen. Wenn Moe unbedingt reingehen wollte, würde ich mitkommen. Aber ich wollte es so lange wie möglich hinauszögern.

Am Freitag ging ich mit ihr in ein Freilichtkino, in irgendeine blöde Komödie mit Lindsay Lohan. Moe lachte kein einziges Mal. Sie schaute sich bloß die Bilder an und knabberte an ihren Fingernägeln. Ich wusste, woran sie dachte. An die merkwürdige Frau. An die blassviolette Fassade. An die verkohlten Dachsparren. Aber ich verstand wirklich nicht, was sie so sehr in den Bann geschlagen hatte. Vielleicht hatte es irgendwas mit ihrer Mutter zu tun, aber ich traute mich nicht, sie danach zu fragen. Sie war schweigsam auf dem Weg nach Hause und wollte bei sich schlafen.

Ich brachte sie bis zu ihrem Haus, und wir standen noch lange vor ihrer Tür.

»Aber du würdest nicht allein hingehen?«, fragte ich.

Moe schüttelte entschieden den Kopf und umarmte mich. Sie schlang ihre Arme so fest um mich wie damals im Pökelbecken.

»Ich will da nicht allein sein«, sagte sie. »Aber ich will unbedingt hingehen, und du sollst mitkommen.«

»Ich komme mit«, sagte ich.

»Versprochen?«

Ich nickte. Ich hatte oft genug in meinem Leben genickt und gehofft, die Sache würde sich von allein erledigen. Wenn meine Mutter wollte, dass ich mein Zimmer aufräume, hatte ich genickt, damit sie aufhörte zu stressen. Wenn die Lehrer mich aufforderten, endlich mal die Hausaufgaben zu machen, hatte ich genickt. Wenn mein Vater einen seiner Motivationsvorträge hielt, damit ich mein Leben, meine Einstellung und mein Arbeitsverhalten änderte, dann hatte ich ebenfalls meinen Kopf rauf- und runterbewegt. Das war es, was sie sehen wollten. Dass man einverstanden war. Und danach vergaßen sie es dann doch, zumindest für ein paar Tage.

Aber als ich diesmal nickte, wusste ich, dass ich nicht davonkommen würde. Moe hatte mir ein Versprechen abgenommen, und ich musste es halten.

»Sonntag?«, fragte sie.

Und ich nickte noch mal. Und mir war nicht wohl dabei.

Am Samstag gingen wir in den Zoo. Moe erwähnte das Krankenhaus nicht mehr, sie war einfach hingerissen von den Elefanten und Giraffen und Nashörnern. Ihnen schien die Hitze nichts auszumachen. Sie stapften majestätisch über die ausgedörrte Erde, als fühlten sie sich endlich in der richtigen Umgebung. Ich schwitzte erbärmlich unter meiner Kapuze und hätte am liebsten fünf Liter Wasser getrunken.

Moe zog mich aufgeregt von einem Gehege zum nächsten, als ob sie sechs Jahre alt wäre. Wir standen mindestens eine Stunde vor den Gorillas. Der Weißrücken thronte auf einem erhobenen Platz und musterte misstrauisch die Besucher.

»Der sieht aus wie unser Mathelehrer«, sagte Moe. Als hätte er sie gehört, wandte der Gorilla den Kopf in ihre Richtung. Aber er stierte nicht sie an, sondern mich. Die muskulösen Oberarme hingen kampfbereit an seinen Seiten. Plötzlich musste ich an Klitschko, den Türsteher vom *Berghain*, denken und an die Abreibung, die er uns verpasst hatte. Ich hoffte, ihm nie wieder zu begegnen.

Von allen Tieren gefiel mir das Faultier am besten. Es hing einfach nur rum. Die Haare scheitelten sich auf seinem Bauch. Es lernte nicht Französisch oder Physik oder Geschichte. Es stritt nicht mit seinen Eltern. Es räumte nicht sein Zimmer auf. Es hing einfach nur rum, stur und heroisch. Ich nickte ihm zu, von Kollege zu Kollege.

Wir sahen die Flusspferde träge durch das Wasser schwimmen, die Pinguine herumstolzieren, wir holten uns ein Eis und lauschten den Schreien der Tiere in den entfernten Gehegen. An diesem Nachmittag war ich einfach nur glücklich, mit Moe zusammen zu sein. Ich dachte nicht einen Moment an den Gang ins Neuköllner Krankenhaus.

Doch am Abend, als wir Chris und Kaya auf der Oranienstraße trafen und ihnen davon erzählten, kam das ungute Gefühl zurück. Ich konnte es Chris und Kaya ansehen, dass sie auch nicht begeistert waren.

»Klingt heikel. Ihr wollt da echt reingehen?«, fragte Kaya.

Moe nickte.

»Der Raucher aus der Fleischfabrik hat ziemlich klar davon abgeraten«, sagte Chris.

Moe zuckte nur mit den Schultern. »Was ist los mit euch? Je verbotener, desto besser.«

»Manche Orte muss man meiden«, sagte Chris.

Wir hatten im Frühling gelegentlich andere Urban Explorers getroffen und über Gebäude geredet, die sie erkundet hatten. Manchmal hatten sie gute Tipps, was man ausprobieren konnte. Manchmal warnten sie auch. Eine verlassene Schule hinter der Gropiusstadt war so asbestverseucht, dass man ohne Mundschutz nicht reingehen sollte. Auch von der stillgelegten Chemiefabrik in Rüdersdorf wurde ernstlich abgeraten, weil sie so baufällig war, dass zwei Explorers sich die Beine gebrochen hatten, als sie durch die Decke stürzten. Ebenso warnten sie vor Grundstücken und Häusern, die von Wachschutzleuten und scharfen Hunden kontrolliert wurden.

Moe war das alles egal. »Das ist ein altes, verrottetes Krankenhaus, da ist kein Asbest, da sind keine Wachleute mit Hunden. Ich weiß nicht, was ihr plötzlich habt. Aber ich gehe da rein. Am Sonntag. Und Lennart kommt mit.«

Kaya und Chris sahen mich irgendwie mitleidig an.

»Kann sie ja nicht allein gehen lassen«, sagte ich.

Als ich mit Moe nach Hause lief, fragte ich sie: »Warum eigentlich unbedingt Sonntag?«

»Ich bin verabredet mit Irina. Sie hat gesagt, sie führt mich durch das Haus. Sie kennt sich da aus.«

»Das glaubst du? Bei ihr sind ein paar Schrauben locker, die kennt sich in einer Welt aus, die du nie betreten wirst.«

Moe ließ sich auf keine Diskussion mehr ein, sie blieb stur.

»Sie wartet am Sonntag um sieben an der Bushaltestelle

auf mich. Ich werde da sein. Und du auch. Du hast es versprochen.«

In dieser Nacht konnte ich lange nicht einschlafen. Draußen im Hof staute sich die Sommerhitze. Einige Nachbarn feierten bis vier. Herr Schmadtke hörte Oldies und sang dazu. Erst als es längst wieder hell war, schlief ich endlich ein.

Am Nachmittag wachte ich auf. Der Platz neben mir war leer. Mit den letzten Eiern aus dem Kühlschrank machte ich mir ein richtiges Frühstück, trank eine Kanne Kaffee und versuchte die ganze Zeit, mir die Tour ins Krankenhaus schönzureden.

Es würde nichts passieren.

Irina war weggetreten, aber nicht gefährlich.

Ich würde Moe rechtzeitig rausbringen, wenn es zu krass wurde.

Und überhaupt: Die besten Sachen geschehen immer dann, wenn man eigentlich nicht hingehen wollte.

Doch das ungute Gefühl im Bauch ließ sich nicht beschwichtigen.

Um sechs holte Moe mich ab.

14. KAPITEL

Also saßen wir am frühen Sonntagabend an der Bushaltestelle vor dem Neuköllner Krankenhaus, ließen einen Bus nach dem anderen vorbeifahren und warteten auf Irina. In unserem Rücken lauerte das aufgegebene Hospital mit seinem blassvioletten Putz und starrte uns mit seinen offenen Fenstern an.

»Creepy«, sagte ich.

Moe nickte nur.

Es war wirklich unheimlich. Keine Ahnung, seit wie vielen Jahren das Krankenhaus leer stand, aber die Bäume und Sträucher davor waren weitergewachsen und schienen den riesigen Bau mittlerweile zu umschließen. Außerdem waren unglaublich viele Vögel dort unterwegs. Schwalben und Mauersegler und Amseln. Und ungewöhnlich große Krähen, die auf der Mauer hockten und mit ihren Schnäbeln herumpickten und uns misstrauisch beäugten.

Andererseits war es ein ganz normaler Sonntag, und wir saßen auf der sicheren Seite. Gegenüber war ein Altersheim, und einige der Senioren waren mit ihren Rollatoren unterwegs. Drei Schritte vor, ausruhen, noch mal drei Schritte. Autos mit den üblichen Kleinfamilien fuhren vorbei.

»Meinst du echt, dass sie noch kommt?«, fragte ich zum vierten Mal.

Moe nickte nur.

Eine Viertelstunde verging, der nächste Bus kam, hielt an, wir blieben auf der Bank sitzen, der Bus fuhr weiter.

»Was ist mit deiner Mutter passiert?«, fragte ich schließlich.

Moes Stimme war ungeheuer spröde, als sie zu erzählen begann.

»Es ist fünf Jahre her. Ich war zwölf. Meine Eltern hatten sich schon eine Weile gestritten, nicht einfach so, sondern auf die fiese Art. Ich lag nachts im Bett und hörte sie streiten. Jede Nacht. Sie konnten sich nicht mehr vertragen, sondern stritten immer weiter. Auch tagsüber. Es war die Hölle. Irgendwann ist meine Mutter rausgelaufen. Das machte sie öfter, wenn sie nicht weiterwusste. Sie nahm dann das Auto und fuhr in der Gegend herum, um sich zu beruhigen. Ich saß mit meinem Vater zu Hause und wartete darauf, dass sie wiederkommt. Aber diesmal kam sie nicht wieder.«

Moe machte eine Pause. Sie sah bitter aus. Ich hätte sie gern in den Arm genommen. Aber sie sah so wund und wütend aus, dass ich nur neben ihr saß und weiter zuhörte.

»Sie kam einfach nicht wieder. Versuch das mit zwölf mal zu verstehen. Ich habe noch wochenlang gewartet, monatelang. Ich konnte es einfach nicht verstehen. Ich bin durch halb Berlin gerannt, weil ich hoffte, sie irgendwo zufällig zu treffen. Ich hab ihren Namen gegoogelt, um zu erfahren, was sie jetzt macht. Mein Vater hat sich dazu nie geäußert, er hat getan, als sei es ganz normal.«

Moes Stimme war leiser und leiser geworden und schließlich verstummt.

Eine Weile war nur das Rufen der Mauersegler zu hören, die um das Dach des Krankenhauses jagten. Dann fuhren zwei Autos vorbei, und es war mir, als erwachte ich aus der Geschichte, die Moe mir erzählt hatte.

Sie sah mich von der Seite an, als wollte sie prüfen, wohin ihre Worte gegangen waren.

»Denkst du noch oft an sie?«, fragte ich.

»Jeden Tag«, sagte Moe. »Auch wenn ich jetzt weiß, dass sie nicht wiederkommen wird. Auch wenn ich nicht mehr auf sie warte. Ich denke jeden Tag an sie, und es tut jedes Mal richtig weh. Ich vermisse sie. Und ich habe immer so eine giftige Stimme in mir, die behauptet, sie sei meinetwegen weggegangen. Weil sie es mit mir nicht aushalten konnte. Weil ich einfach unerträglich bin.«

Ich legte meinen Arm um Moes Schultern, und sie wandte mir ihr Gesicht zu. Sie weinte nicht, doch ihre Augen glänzten unbeschreiblich traurig. Ich küsste sie auf die rechte Wange. Und auf ihr Ohrläppchen. Und auf ihre Unterlippe, die ganz leicht zitterte.

Vor uns hielt der nächste Bus, und der Busfahrer fand es lustig, auf seine verdammte Hupe zu drücken. Die anderen Fahrgäste gafften aus dem Fenster und feixten. Wir schauten nicht auf, und nach einer zähen Minute fuhr der Bus davon.

Mittlerweile war es längst sieben Uhr vorbei. Ich hatte jegliche Lust auf die seltsame Irina verloren. Das Krankenhaus interessierte mich kein bisschen mehr.

»Lass uns gehen«, sagte ich. »Sie wird nicht mehr kommen.«

Moe nickte. Sie putzte sich die Nase und stand auf. Auf der Krankenhausmauer hinter uns trippelten unruhig vier Krähen.

Wir waren nur ein paar Schritte gegangen, als wir Irina rufen hörten. Ich drehte mich nicht um, sondern wollte die nächste Straßenecke erreichen und mit Moe wegrennen, irgendwohin, wo wir allein sein konnten.

Aber Moe blieb stehen und drehte sich um. Sie winkte der Frau halbherzig zu. Irina kam auf uns zugerannt und machte komische kleine Sprünge zwischendurch, als hätte sie ein unterirdisches Körpergefühl. So bescheuert hatte ich jedenfalls noch nie eine Frau rennen gesehen.

»Warte doch!«, rief sie. »Warte!«

Und Moe wartete auf sie, und ich wartete mit Moe. Die Krähen schlugen genervt mit den Flügeln und trippelten mehrere Schritte auf der Mauer entlang, als müssten sie ihr Revier verteidigen.

Irina fiel Moe geradezu in die Arme, als könnte sie anders ihren Lauf nicht stoppen.

»Ich wollte doch kommen, aber die haben mich nicht gelassen«, sagte sie mit ihrer weinerlichen Stimme. »Wegen der Medikamente, weißt du?«

Sie öffnete ihre geballte Hand, darin lagen drei gelbe und zwei grünblaue Pillen. »Willst du sie?«

Moe schüttelte den Kopf, und Irina warf die Pillen mit einem leisen Lachen über die Mauer. Die Krähen duckten sich ärgerlich weg.

Von mir nahm Irina keine Notiz, es war, als wäre ich für sie völlig unsichtbar. Sie zog Moe mit sich.

»Ich kann dir alles zeigen, was du willst«, sagte sie. »Weil du jetzt meine Freundin bist.«

Obwohl es noch früh am Abend war, hatte der Himmel sich kaum merklich verdunkelt. Vor dem Altersheim war niemand mehr. Die ganze Straße war plötzlich leer. Nur die schrillen Rufe der Mauersegler durchschnitten die Stille.

Irina zog Moe durch einige Sträucher zu einem Mauerstück, wo das Eisengitter aus der Halterung gerissen war.

»Ich zeige dir mein Baby, wenn du magst«, hörte ich Irina mit ihrer Kinderstimme reden. »Guck mal, hier geht es rüber.«

In diesem Moment war ich richtig sauer auf Moe, die alles mit sich machen ließ, die sich von dieser durchgeknallten Frau einfach mitschleifen ließ. Am liebsten wäre ich umgekehrt und hätte sie ihrem Schicksal überlassen, was auch immer sie hinter dieser Mauer erwartete. Doch dann erinnerte ich mich, dass Moe mich gebeten hatte, bei ihr zu bleiben, und ich ging den beiden nach.

Irina und Moe waren schon über die Mauer geklettert, als ich durch die Sträucher kam. Moe winkte mir zu, hastig und aufgeregt.

Ich zog mich an der Mauer hoch und wollte eben über das Eisengitter flanken, als eine Krähe aufflatterte und mit wenigen Flügelschlägen bei mir war. Sie krallte sich an meinem Rücken fest und pickte mit dem Schnabel gegen meinen Hinterkopf. Ich spürte nur das Gewicht dieser Krähe – und sie war richtig schwer – und das fiese Picken ihrer Schnabelspitze. Mit einer Hand hielt ich mich am Gitter fest, mit der anderen versuchte ich nach ihr zu schlagen, doch sie hatte sich einen günstigen Platz ausgesucht, wo ich sie nicht erreichen konnte.

»Verfluchtes Miststück«, sagte ich.

In derselben Sekunde hörte ich das Sirren einer Gerte in der Luft. Irina stand vor mir und hieb mit einem Weidenzweig auf die Krähe ein, die wütend krächzte und sich dann von mir abstieß und aufflog.

»Böses Tier!«, rief Irina ihr nach.

Ich war erleichtert, dass ich die Krähe los war, zugleich aber auch geschockt, mit welcher Wucht Irina zugeschlagen hatte. Ich hatte immer noch das helle, scharfe Sirren ihrer Gerte im Ohr. Als ich die Gerte in Irinas Hand sah, waren Tropfen von Krähenblut daran.

»Was willst du hier?«, fragte Irina.

Ich war noch zu durcheinander, um ihr eine klare Antwort zu geben. Nach dem ersten Schreck verfluchte ich mich selbst. Für einen Moment war ich unaufmerksam gewesen, und schon hatte es mich erwischt. Bei *Call of Duty* wäre ich jetzt tot gewesen. Aber dies war kein Computerspiel, dies war eine echte Krähe, eine widerliche, fette Krähe, und ich hätte mir nicht träumen lassen, dass ich jemals von einer Krähe angegriffen würde.

Ich wischte mir den kalten Schweiß von der Stirn und sah Moe an. Sie war blass geworden.

»Nichts passiert«, sagte ich und versuchte zu lächeln. »Nur eine blöde Krähe. Muss mich verwechselt haben.«

»Was willst du hier?«, fragte Irina wieder. Sie starrte mich mit hellgrauen Augen an.

»Ich würde euch gern begleiten«, sagte ich. Dabei sprach ich jedes Wort langsam und deutlich aus, damit sie mich verstehen konnte.

»Er gehört zu mir«, sagte Moe.

»Ach so«, sagte Irina. »Dann komm.«

Sie führte uns auf einem Fußweg zwischen zwei alten Gebäuden hindurch. Jetzt erst merkten wir, wie groß dieses Gelände eigentlich war. Fast eine eigene Stadt, mit mehreren Gebäuden, Straßen und Wegen dazwischen, mit Baumgruppen und ehemaligen Parks. All das war jetzt zugewuchert, selbst der Asphalt der Straßen war von Unkraut durchbrochen.

Irina ging voraus, wir folgten. Mein Herz pochte noch ziemlich schnell, ich war nervös. Mehrmals schien es mir, als bewegten sich zwischen den Sträuchern vor den Häusern neugierige Augenpaare, Köpfe, die sich gleich wieder wegduckten. Auch Moe sah andauernd in die Runde.

Irina drehte sich um, sie hatte unsere Anspannung bemerkt.

»Hier passiert euch nichts«, sagte sie. »Ich passe auf euch auf.« Die Gerte trug sie noch in der Hand.

Sie steuerte auf den Eingang des Neubaus zu, über der Tür war der Schriftzug KINDERKRANKENHAUS. An die Eingangswand hatte jemand mit schwarzem Stift gekritzelt: *Hier ist mein Bruder Markus gestorben. Scheißdrogen!* Ich wusste, dass manche der leer stehenden Gebäude von Junkies bewohnt wurden. Wir hatten auf früheren Touren in Abrisshäusern solche Räume gesehen. Meist lagen nur ein paar Matratzen drin, Schlafsäcke, Kleiderhaufen. Und ihre Bestecke. Manchmal hatten wir auch einen Haarschopf auf den Matratzen entdeckt. Reglos. Wir waren schleunigst wieder gegangen. Junkies galten als meist harmlos, konnten aber sehr unangenehm werden, wenn sie Geld brauchten. Als ich jetzt die schwarze Inschrift las, fiel mir sofort ein, dass ich einen Schüler aus der zwölften Klasse kannte, dessen Bruder Markus hieß.

»Lennart, komm«, sagte Moe.

Die Türen standen offen, und der warme Abendwind wehte hinein. Wir traten auf Glasscherben, die ein fies knirschendes Geräusch gaben. Irina sagte nichts, doch sie schien den Weg zu kennen. Sie ging gleich zum Treppenhaus und hinauf in den dritten Stock. Ich war anfangs geschockt vom Anblick der völlig verwüsteten Eingangshalle. Aus den Decken waren die Lichter und Deckplatten heruntergerissen worden. Die Fahrstuhltüren standen offen, dahinter gähnte der schwarze Schacht. Auf den nächsten Etagen sah es genauso aus, und ich gewöhnte mich nur schwer an den Anblick.

Das Treppenhaus lag in einem Dämmerlicht, obwohl es draußen noch einigermaßen hell war. Hier drinnen war es totenstill, nur sehr weit hinten war ein leises Klopfen zu hören, irgendwo im zweiten oder dritten Stock. Vielleicht schlug ein Zweig gegen ein Stück Blech. Vielleicht aber war dort jemand.

Irina schien das Klopfen nicht zu hören, aber sie achtete

sorgfältig darauf, dass wir ihr folgten. Moe blieb stets in meiner Nähe, worüber ich froh war.

Im dritten Stock zeigte Irina uns einen Raum, auf dessen Tür *Milchausgabe* stand.

»Hier ist meine Tochter geboren«, flüsterte sie stolz. »Sie war so klein und schrie die ganze Zeit.«

Dann fiel ihr Gesicht wie in einem abrupten Kummer zusammen, und sie fasste sich an die Brust.

»Ich konnte ja keine Milch geben. Das ging ja nicht. Sie hat ihre Milch hier bekommen.«

Der Raum war bis zur Fensterhöhe gelb gekachelt. Zwei Waschbecken waren aus der Halterung gerissen und zerschlagen worden, die Trümmer lagen in der Ecke. Irina stand ganz versunken da. Sie sah den Raum vermutlich so, wie er früher einmal gewesen war. Dabei hatte sie die Arme vor ihren Bauch gelegt, als trüge sie ein Baby.

»So klein«, flüsterte sie.

»Wann war das?«, fragte Moe.

Irina ließ die Arme sinken. »Dummerchen, das weißt du doch. Das ist lange her. Zehn Jahre oder zwölf oder fünfzehn Jahre.«

Sie setzte sich neben ein zerschlagenes Waschbecken und schaukelte vor und zurück, vor und zurück. Ich hörte immer noch das ferne Klopfen und redete mir ein, es wäre bloß der Wind, der irgendein loses Kabel bewegte. Mein Rücken kribbelte vor Unruhe, weil ich nicht wusste, ob wir hier wirklich allein waren.

Moe setzte sich neben Irina. »Wo ist deine Tochter jetzt?«

Irina schaukelte vor und zurück. Sie lächelte. »Du Dummerchen, das weißt du doch.«

Sie sah Moe an, als teilten sie ein besonderes Geheimnis.

»Wieso soll ich das wissen?«, fragte Moe mit ihrer rauen Stimme.

»Du bist doch meine Tochter!«, sagte Irina und lachte. »Das hab ich doch gleich gewusst. Ich bin doch nicht blöd!«

Moe sagte nichts, sie warf mir nur einen Blick zu: ›Lass uns lieber gehen.‹ Ich nickte.

Irina achtete nicht auf mich, sie nahm Moes Hand.

»Mandy«, sagte sie zärtlich. »Weißt du noch, wie du früher geschrien hast? Weil du Milch wolltest!«

Moe zog ihre Hand weg. »Ich heiße nicht Mandy«, sagte sie, »und ich bin nicht deine Tochter.«

Irina lachte hell auf. »Du willst mich nur ärgern«, sagte sie.

»Nein«, sagte Moe. »Ich heiße Moe.«

»Du Dummerchen«, sagte die Frau, und jetzt lachte sie nicht mehr. »Du willst mich ärgern, aber ich fall nicht drauf rein.«

Mir war plötzlich mulmig. Die Frau machte keinen Schritt weiter. Sie wollte die Sache offensichtlich geklärt haben. Und Moe stand starr und trotzig da. Als Irina wieder ihre Hand nehmen wollte, wich sie zurück.

»Mandy«, sagte Irina bettelnd. »Sei lieb. Komm her. Komm zu Mama. Ich hab dir immer Milch gegeben. Weil du so geschrien hast!«

Da war immer noch das ferne Klopfen irgendwo. Der warme Abendwind. Mein Kribbeln im Rücken, als wären wir nicht allein, sondern würden beobachtet. Und das teigige Gesicht von Irina, über das in kurzen Abständen ganz verschiedene Mienen glitten wie Wolken über den Himmel. Ihre Mundwinkel zogen sich herunter, als sie schmeichelnd nach Moes Hand fasste.

»Ich bin nicht Mandy, echt nicht«, sagte Moe. Sie redete jetzt, wie man zu einem kleinen Kind redet. »Ich bin Moe. Wir kennen uns nicht.«

Irinas Ausdruck wurde fragend, als verstünde sie die Welt nicht mehr. Ihre Unterlippe zitterte leicht. Und ihre Augen füllten sich mit Tränen.

»Du bist nicht Mandy?«

Moe schüttelte den Kopf.

»Wo ist Mandy denn?«, fragte die Frau.

»Keine Ahnung«, sagte Moe.

»Was willst du dann hier?«

»Ich will das Krankenhaus sehen.«

Die Frau lachte auf. Ziemlich schrill. Im gleichen Moment, mit einer einzigen heftigen Bewegung, fuhr sie Moe mit den Fingernägeln durchs Gesicht. Ich werde ihren Gesichtsausdruck dabei niemals vergessen. In diesem Augenblick kochte sie vor Wut, wie ich es noch nie bei einem Menschen gesehen hatte. Über Moes Schläfe und Wange zogen sich vier blutige Striemen.

»Das hast du jetzt davon«, sagte Irina, und ihre Stimme war wieder ganz kindlich. »Das hast du jetzt davon.«

All das war so schnell geschehen, dass ich nicht dazwischengehen konnte. Moe stand wie erstarrt. Das Blut floss ihre Wange herunter. Sie wischte sich darüber und sah sich die Handfläche an.

»Scheiße«, murmelte sie.

»Was soll das?« Ich gab der Frau einen Stoß vor die Schulter. Sie ließ reumütig den Kopf hängen.

»Mandy ist böse«, sagte sie leise.

»Quatsch *Mandy*«, sagte ich. »Siehst du, was du getan hast?«

Moe holte ein Taschentuch heraus und tupfte sich das Blut von der Wange. Die Striemen blieben.

»Ich will jetzt gehen, ich hab genug«, sagte sie.

Irina hob den Kopf und nickte eifrig. Sie sagte: »Okay. Ich bringe euch raus. Das war nicht richtig, was ich eben getan habe. Das wollte ich nicht. Aber du hast angefangen. Du wolltest mich ärgern. Alle wollen mich immer nur ärgern. Im Fernsehraum stellt der Mann immer den Fernseher so laut, dass ich meine Gedanken nicht hören kann. Gestern habe ich es ihm gesagt. Er hat nur gelacht. Ich hab den Fernseher ausgemacht. Da hat er ihn wieder angemacht. Und ich bin in die Teeküche gegangen und habe Wasser gekocht. Und das habe ich ihm über den Kopf gegossen. Das war auch nicht richtig. Da haben auch alle gemeckert. Aber wenn du nicht Mandy sein willst, dann bringe ich euch jetzt raus. Dann können wir wieder Freunde sein.«

Mir war es so was von egal, was sie redete, ich nahm Moe und ging mit ihr zum Treppenhaus.

Irina ging vor uns her. »Es ist nicht weit. Wir sind gleich da.«

Wir gingen ein anderes Treppenhaus hinunter und gerieten in den Keller. Ich hatte nicht aufgepasst, sondern völlig die Orientierung verloren.

Moe fragte: »Wo geht's hier raus, Irina?«

Sie gab uns keine Antwort. Sie wies nur voraus in einen dunklen Raum, der vollgestellt war mit rostigen Gitterbetten und Waschtrögen. Über dem Boden lagen Bretter. Ein rotweißes Absperrband lag schlaff in der Ecke. An den Wänden waren Hinweisschilder, doch es war zu dunkel, um sie zu lesen.

Moe fragte noch einmal: »Ist das der richtige Weg? Wir sind doch einen anderen Weg gekommen.«

Irina hatte wieder ihre weinerliche Stimme. »Immer musst du mit mir schimpfen. Das ist aber euer Weg. Das habe ich nicht gewollt, dass du so blutest. Das wollte ich nicht. Wäre besser gewesen, wenn ich dich nur ans Schienbein getreten hätte. Aber jetzt ist es ja zu spät.«

Ich wollte ihr Gefasel nicht länger hören, ich drängte an ihr vorbei und nahm Moe mit. Es war ein lang gestreckter Gang. Auf der anderen Seite schimmerte das Abendlicht, dort war der Ausgang. Doch so weit kamen wir nicht.

Auf der Hälfte des Weges hörte ich plötzlich ein Knirschen. Es waren die Bretter unter uns. Ich wollte zur Seite springen, aber der Sprung machte alles nur schlimmer. Ich wollte Moe zurückstoßen, doch das gelang mir auch nicht. Sie klammerte sich nur enger an mich.

Wir waren zu schwer.

Die Bretter brachen mit einem morschen, sumpfigen Krachen.

Wir fanden keinen Halt.

Dann gab der Boden unter uns endgültig nach.

15. KAPITEL

Wir fielen. Ich versuchte noch, mich irgendwo festzuhalten. Vergeblich. Meine Finger kratzten an Gebälk und Mauerwerk entlang, rutschten ab, wir fielen weiter, in einer schwarzen Wolke von Schutt und splitternden Brettern und Todesangst.

Eigenartig, wie sehr sich die Zeit dehnt in solchen Momenten. Man sagt immer, das eigene Leben ziehe dann noch einmal an einem vorbei, die glücklichen Tage der Kindheit und all der Schwachsinn. Aber nichts davon!

Vielleicht hatte ich einfach keine glückliche Kindheit, an die ich mich schnell noch erinnern konnte, ehe ich aufschlug. Ich sah nur die Gesichter meiner Eltern, die wieder einmal traurig den Kopf schüttelten. *Warum tust du uns das an, Junge. Was ist los mit dir? Brauchst du Hilfe, professionelle Hilfe, einen Therapeuten, mit dem du über alles reden kannst?* Ich sah die höhnische Miene meines Physiklehrers, als er mir eine Klausur zurückgab. *War mal wieder nicht so toll, Lennart.* Wenn das die wesentlichen Erinnerungen sind, die einen in der letzten Sekunde heimsuchen, dann ist irgendwas mit dem eigenen Leben schiefgelaufen.

Egal. Mein Schädel knallte gegen einen Vorsprung, dann prallte ich mit den Beinen gegen einen Balken, der nachgab mit einem dumpfen Seufzen, und schließlich erreichte ich den Fußboden des Kellers. Mir schien, dass sämtliche Knochen in meinem Körper unter dem Aufprall zersprangen. Ich wunderte mich nur, dass ich nichts spürte, keinen Schmerz, keine Erleichterung.

Im selben Moment fiel Moe auf mich.

Siebzehnjährige Mädchen wirken immer so zart und leicht. Aber jetzt war Moe schwer wie ein Kartoffelsack. Ihr Körper presste, als er auf mich herunterkam, den letzten Rest von Luft aus meiner Lunge. Und wenn ich noch Rippen hatte, die nicht gebrochen waren, dann waren die jetzt auch hinüber.

»Scheiße, Scheiße, Scheiße«, sagte Moe.

Ich sagte nichts. Wie sollte ich etwas sagen ohne irgendwelche Luft? Ich konnte ja nicht einmal atmen. Konnte mich nicht drehen. Ein eisiger Schmerz zuckte durch meinen Körper, aber er war mir egal, ich wollte nur atmen, nur ein einziges Mal noch mal atmen. Ich starrte in die Luft und sah die ungeheure Wolke von Staub und Schutt über uns, und ich sah die zersplitterten Balken, die unter unseren Füßen nachgegeben hatten, und ich sah die Öffnung des Bodens und Irina, die am Rand des Lochs stand und auf uns heruntersah. Ich wollte nichts mehr sehen, ich wollte atmen.

Dann war Moes Gesicht über mir.

»Lennart«, sagte sie. »Atme.«

Ich starrte sie an und brachte keinen Ton heraus.

Atmen ist nicht egal. Atmen wird nicht überbewertet.

Aber mein Körper wusste nicht mehr, wie es geht.

Moe gab mir eine scharfe Ohrfeige.

Da endlich zog ich Luft ein. Es war die Luft des muffigen

Kellers, der morschen Balken, des panischen Schreckens unseres Fallens – und trotzdem die beste Luft, die ich seit meiner Geburt geatmet hatte. Wie gierig ich sie einzog, meine Lungen damit füllte! Meine Rippen wölbten sich, sie schmerzten, doch sie schienen in Ordnung zu sein. Ich wälzte mich auf die Seite, weg von Moe.

»Alles okay mit dir?«, fragte sie.

»Passt schon«, sagte ich mühsam.

»Danke, dass du mich aufgefangen hast«, sagte sie.

»Kein Ding«, sagte ich. »Wie geht's dir?«

»Alles gut«, sagte sie, »war nur der Schreck.«

Ich setzte mich auf, um meine Knochen zu zählen. Waren sie alle dort, wo sie hingehörten? Waren sie heil? Ich konnte wieder atmen, ich konnte sehen, Moe war neben mir, also war alles okay.

»Wo sind wir hier?«

»Keine Ahnung«, sagte ich.

Offenbar waren wir im Keller des Kellers. Es war stockfinster, nur oben an der Öffnung funzelte das Licht von Irinas Taschenlampe. Die Wolke von Schutt und Staub legte sich allmählich.

»Geht da nicht rein!«, rief Irina mit ihrer weinerlichen Stimme. »Da sind böse Leute.«

»Halt die Klappe«, sagte ich.

In meiner Hosentasche fand ich das Zippo und schlug die Flamme an. Ihr Licht zeigte nackte Betonwände. Sie waren mit schwarzer Farbe angestrichen. Ich ging näher ran und konnte kleine, mit hastiger Hand geschriebene Inschriften lesen: *Holt uns hier raus. 13. März 1944. Unsere Mauern brechen, aber unsere Herzen nicht. Helmut, melde dich. Wir sind bei Neumanns, Göringstraße.*

»Ein Luftschutzbunker«, sagte ich. »Dies ist ein Luftschutzbunker aus dem Zweiten Weltkrieg.«

»Toll«, sagte Moe. »Wollte ich schon immer mal sehen, so einen Bunker. Aber wie kommen wir hier wieder raus?«

»Keine Ahnung«, sagte ich. Und das stimmte. Der Schacht, durch den wir gestürzt waren, war viel zu hoch, um wieder hinaufzukommen. Der Raum hatte zwei Zugänge, die wie schwarze Löcher gähnten. Ich wusste wenig über Luftschutzbunker, doch ich nahm an, dass dieser Raum mit anderen Bunkerräumen verbunden sein musste. Vielleicht hatten sie das gesamte Areal des Krankenhauses unterkellert, um die Kinder und Mütter im Notfall wegbringen zu können. Irgendwo musste es dann auch Ausgänge geben. Hoffentlich waren sie nicht zugemauert.

»Also, was ist jetzt?«, fragte Moe.

Mein Schädel dröhnte immer noch vom Aufprall. Und ich hatte wirklich keine Ahnung, aber ich tat zumindest so, als wüsste ich, wohin wir gehen mussten. Ich wies auf den linken Zugang.

»Da lang.«

»Sicher?«, fragte sie.

Ich nickte.

Ich war mir überhaupt nicht sicher, zumal wir nach wenigen Schritten an eine Treppe gelangten, die nach unten führte. Nach unten! Die Luft war unglaublich schlecht. Die Stufen waren rutschig von ranzigem Fett. Ich zögerte, ehe ich den ersten Schritt auf die Stufen machte. Ich wollte nicht weiter nach unten, sondern nach oben. Die ganze Sache gefiel mir nicht.

»Lennart, lass uns umdrehen«, sagte Moe hinter mir.

»Okay.«

Wir gingen quer durch den Raum und nahmen den anderen Zugang. Hier gerieten wir in einen langen Gang, pechschwarz, nur das flackernde Licht meines Zippos zeigte einen Umkreis von etwa zwei Metern.

Uns blieb nichts übrig, als uns weiter und weiter in den Gang hineinzutasten. Mein Zippo wurde allmählich heiß. Ich hoffte, dass das Benzin darin reichen würde. Wenn die Flamme erstarb, wären wir lebendig begraben. Doch davon musste Moe noch nichts wissen.

»Wie geht's deiner Wange?«, fragte ich.

»Tut weh, aber es blutet nicht mehr.«

»Sie war tierisch schnell, sonst wäre ich dazwischengegangen.«

»Ich hab sie selbst nicht kommen sehen. So ein verrücktes Huhn.«

Der Gang schien kein Ende zu nehmen. Moe sagte nichts mehr. Einmal blieb ich stehen, und es war deutlich zu sehen, dass sich die Flamme des Feuerzeugs in einem Windhauch bog. Schwach, aber immerhin. Wir gingen in die Richtung des Windes. Dreimal führte der Gang um scharfe Ecken. An den Wänden standen Verhaltensregeln für die Aufenthalte während der Bombenangriffe. *Ruhig verhalten! Auch bei Ausfall der elektrischen Beleuchtung. Anweisungen des Blockwarts sind zu befolgen. Rauchen verboten!*

Ich wollte mir lieber nicht vorstellen, wie die Leute hier während des Krieges gesessen hatten, die verängstigten Mütter mit ihren Babys im Arm, die Krankenschwestern, Ärzte, Hebammen. Über ihnen das Dröhnen der Flugzeuge, das Knattern der Flak, dann die Detonationen der Bomben. Wenn die Einschläge der Bomben nah genug waren, erschütterte es auch den Bunker. Wenn das Krankenhaus getroffen wurde, konnten die Eingänge verschüttet werden.

Nein. Nicht dran denken. Ich wechselte die Hand für das Feuerzeug.

Es war totenstill. Nur unsere Schritte waren zu hören. Moes Atemzüge und meine.

Und das Dröhnen von Motorrädern. Keine Flugzeuge, sondern Motorräder, fern, undeutlich, aber unüberhörbar.

»Was ist das?«, fragte Moe.

»Anzeichen von Zivilisation«, sagte ich, es sollte beschwichtigend klingen.

Wir hatten einen weiteren großen Raum erreicht. Auch hier waren die Wände mit Kritzeleien bedeckt. Holzbänke standen an der Seite, Krankenbetten, uralte Rollstühle. Am anderen Ende führte eine Treppe nach oben.

»Wir haben es gleich geschafft«, sagte ich. Die Flamme des Zippos war bereits kleiner geworden.

Wenn dort oben eine Tür war und wenn die sich öffnen ließe, dann hätten wir es wirklich geschafft.

Das glaubte ich jedenfalls.

An der obersten Treppenstufe erlosch unsere Flamme. Ich hatte noch die Tür sehen können, den Türgriff. Durch die Ritzen der massiven Eisentür fiel ein schmaler Lichtschein. Ich meinte Stimmen zu hören und zögerte.

»Mach schon«, sagte Moe. »Worauf wartest du.«

Ich drückte die Klinke herunter und zog an der Tür. Sie öffnete sich mit einem hohen Quietschen, als klagte sie darüber, aus einem jahrzehntelangen Tiefschlaf geweckt zu werden. Ich zog sie sachte auf, bis ein Spalt entstand. Der Lichtschein wurde stärker. Wir zwängten uns durch den Spalt hindurch.

Jetzt standen wir vor einem Bretterverschlag, einer Wand aus uralten Bohlen und Brettern. Wir kamen nicht weiter. Und das war auch gut so.

Denn hinter dieser Bretterwand öffnete sich ein Raum, der von etwa zwanzig Leuten bevölkert war. In den Ecken hatten sie Fackeln aufgestellt, die einen rötlichen Schimmer gaben. Es roch widerlich nach Petroleum. In der Mitte des Raumes, auf dem nackten Boden, war ein Kreis von Kerzen. Darüber baumelte eine Kette. Sie schwang leer.

Hinten war ein schmaler Zugang, eine Treppe, die nach oben führte. Von dort kamen nach und nach weitere Männer herunter, alle in der Kluft von Motorradfahrern, auf jeder Weste prangte der Schriftzug *Bandidos*.

Sie begrüßten sich, indem sie die Fäuste aufeinanderschlugen. Wodkaflaschen wurden herumgereicht. Draußen lärmten die Motorräder von Nachzüglern. Im Raum selbst war es ruhig, eine Atmosphäre gespannter Erwartung. Einer nach dem anderen ließen sie sich nieder, Schulter an Schulter. Der Raum füllte sich. Leises Murmeln von Stimmen, Flaschenklirren, Husten.

»Böse Leute, hat Irina gesagt«, flüsterte Moe.

Sie wusste nicht, wie recht sie hatte. Wir saßen fest. Zurück konnten wir nicht. Wir duckten uns auf den Boden und lugten weiter durch die Ritzen der Bretter.

Das Gemurmel der Stimmen hörte abrupt auf, als ein hochgewachsener Kerl die Treppe herunterkam. Er trat in die Mitte des Raumes. Das Licht der Fackeln fiel auf seine linke Gesichtshälfte, die einen tätowierten Stacheldraht zeigte.

Klitschko.

Er blickte in die Runde.

»Ihr wisst, weshalb wir hier sind«, sagte er. »Ihr alle kennt Eddie. Er ist vor zwei Jahren zu uns gekommen. Er hat uns gedient. Er hat bewiesen, was er kann. Heute ist der Tag seiner Prüfung. Wenn er sie besteht, ist er einer von uns. Fangen wir an.«

Eddie wurde in die Mitte des Raumes geführt. Er trug eine Augenbinde.

»Ausziehen«, sagte Klitschko.

Eddie gehorchte. Er zog seine Lederjacke aus, sein Shirt, seine Schuhe, die Hose und Unterhose. Dann stand er nackt da und trat unsicher von einem Fuß auf den anderen. Er wirkte hilflos. Sein fetter Bauch wölbte sich über seinem Schwanz, den er mit einer Hand zu verdecken versuchte.

»Lasst den Fuchs frei«, sagte Klitschko.

Die Männer rückten zusammen, sodass eine kleine Arena entstand. Ein Mann holte einen Sack aus der Ecke und warf ihn in die Mitte. Der Sack öffnete sich, ein Fuchs schoss heraus. Er versuchte zu fliehen, doch die Männer scheuchten ihn mit Fußtritten zurück in die Mitte, wo Eddie stand.

»Töte ihn«, sagte Klitschko. »Töte ihn für uns. Tu es.«

Eddie zögerte nicht. Er stürzte auf den Fuchs los und versuchte, ihn mit bloßen Händen zu packen. Er versuchte ihn zu treten. Doch der Fuchs war schnell, und je länger die Hatz dauerte, desto mehr begriff der Fuchs, dass es um sein Leben ging. Er zeigte sein schmales weißes Gebiss, aber er griff Eddie nicht an. Immer versuchte er zu entkommen. Und immer wieder wurde er mit Fußtritten zurück in die Arena gestoßen. Eddie setzte ihm nach. Sein Körper glänzte bald vor Schweiß. Er warf sich mit seinem ganzen Gewicht auf den Fuchs, doch der schlüpfte immer wieder unter Eddies Körper hervor. Er jaulte nicht, er japste nicht, er bellte nicht ein einziges Mal. Er kämpfte stumm und flink um sein Leben. Es nutzte ihm nichts.

Irgendwann bekam Eddie seinen Schweif zu fassen und holte den Fuchs, der sich sträubte und wand, zu sich heran. Dann fasste er ein Vorderbein und bog den Kopf des Fuchses zurück. Als Eddie ihm den Vorderlauf brach, gellte ein entsetzlicher Schrei durch den Raum. Der Fuchs schrie vor Schmerz und Todesangst. Eddie aber lachte, und sein dreckiges Lachen ging mir ebenso durch Mark und Bein.

»Töte ihn!«, rief Klitschko. »Du sollst ihn nicht quälen, sondern töten.«

Da hob Eddie das Tier hoch über seinen Kopf und schlug es mit voller Wucht auf den Betonboden. Der Fuchs regte sich nicht mehr.

Eddie atmete heftig. Er hob den blutenden Kadaver hoch und zeigte ihn in die Runde. Die Männer schlossen einen dichten Kreis um ihn, sie johlten und pfiffen und klatschten.

»Häng ihn an den Haken«, sagte Klitschko.

Eddie gehorchte. Er hängte den Fuchs an den Haken der Kette, sodass der Kopf des Tieres nach unten baumelte. Immer noch floss das Blut aus ihm heraus. Eddie setzte sich genau darunter, das Blut tropfte auf seinen Schädel, auf seine Schultern, auf seinen nass glänzenden Bauch. Jemand reichte ihm eine Flasche Wodka, und Eddie trank. Er trank in tiefen Schlucken, und die anderen tranken mit ihm. Einer nach dem anderen trat vor und schlug ihm anerkennend auf die Schulter.

Klitschko hob noch einmal die Hand. Sofort verstummten die Männer.

»Sind alle zufrieden?«, fragte Klitschko in die Runde.

Er schien keine Antwort zu erwarten, er wollte nur das vorgeschriebene Ritual erfüllen.

»Nein«, sagte ein bulliger Mann aus dem Hintergrund. Er

war als Einziger sitzen geblieben und hatte Eddie nicht gratuliert.

»Dann steh auf und sag, was du zu sagen hast.«

Der Mann rappelte sich mühsam hoch. Er war fett und alt und trug einen Walrossschnauzer. Die anderen Männer murrten. Sie hatten ihren Spaß gehabt, und sie hatten über eine Stunde in diesem muffigen Kellerraum ausgeharrt. Jetzt war es genug.

»Nichts gegen Anfänger«, sagte der Mann. »Wir alle haben einmal angefangen. Und – nichts gegen Eddie. Er hat sich bewährt. Er steht für unsere Gruppe ein. So scheint es jedenfalls. Er macht die Tür im *Berghain*. Er erledigt die sonstigen Aufträge. Er ist vertrauenswürdig. So scheint es jedenfalls.«

»Was willste denn?«, rief einer dazwischen. »Komm mal zum Punkt.« Klitschko hob eine Hand, sofort kehrte wieder Ruhe ein.

»Ich will eigentlich nur eine Frage stellen«, fuhr der Mann mit dem Walrossschnauzer fort. »Was macht Eddie mit den Pillen und dem Gras, die aus unserem Handel stammen? Kann es sein, dass er da einige Tüten verschludert hat? Die irgendwo eingelagert waren und dann nicht mehr aufgetaucht sind? Mit anderen Worten: Arbeitet Eddie – gegen den ich persönlich gar nichts habe! – vielleicht nebenbei in die eigene Tasche? An uns vorbei?«

Jetzt waren alle still. Die Augen richteten sich auf Eddie. Seine Triumphpose war in sich zusammengefallen. Er saß mit offenem Mund da.

Klitschko sagte: »Die Frage geht an dich, Eddie. Die Antwort kommt von dir.«

Eddie schnappte nach Luft.

»Das würde ich nie tun«, sagte er mit gepresster Stimme. Seine Blicke irrten umher, als suchte er einen Ausweg. »Echt nicht, ich habe immer nur für euch gearbeitet. Was ich vertickt habe, habe ich bei euch abgeliefert. Ich habe die Kneipen aufgemischt, wie ihr es angeordnet habt. War mir für nichts zu schade.«

»Was ist mit den Tüten?«, fragte Klitschko.

»Die sind nicht weg«, versicherte Eddie. »Ich kam eine Zeit lang nicht ran, wegen polizeilicher Ermittlungen in der Fabrik. Als ich wieder reinkonnte, waren sie nicht mehr da.«

Die Männer standen auf. Sie bildeten einen Kreis um den kleinen nackten Eddie, der vor ihnen zurückwich.

»Erst sind se weg, dann sind se nich weg, dann sind se wieder weg, was faselst du da?«

Einer der Männer zog einen Quarzer über.

»Ich hab sie wieder«, sagte Eddie. »So ein verschissener Thekenheini hat sie mir angeboten, damit ich seine Kneipe in Ruhe lasse. Ich bin zum Schein darauf eingegangen. Ich wollte wissen, wer sie aus der Fabrik geklaut hat. Er wollte es mir nicht sagen, aber er wird es mir noch sagen.«

»Story, Alter!«, rief einer dazwischen. »Was bist'n du für 'ne Eule!«

Klitschko stand auf. »Reicht, Leute. Schluss jetzt.«

Er wandte sich an Eddie: »Du bringst uns die Tüten zurück, die uns gehören. Und du bringst mir den Typ, der sie geklaut hat. Du bringst ihn mir unversehrt, du haust ihn nicht um, du rührst ihn nicht an, du bringst ihn einfach nur her. Wenn er auch nur eine verquollene Fresse hat, weil du ihm eine gebrettert hast – dein Pech. Dann gehst du durchs Messer.«

Eddie nickte. »Klar, Klitschko. Mach ich.«

»Morgen«, sagte Klitschko. »Gleiche Stelle, gleiche Welle.«

Er ging die Kellertreppe hoch, man hörte ein Motorrad aufdröhnen und wegfahren. Damit löste sich die ganze Versammlung auf. Die anderen Männer beachteten Eddie nicht weiter, sie behandelten ihn wie Luft. Er stand noch eine Weile da, als versuchte er nachzudenken. Dann schüttelte er den Kopf, suchte seine Klamotten zusammen, zog sie hastig an und lief die Kellertreppe hoch.

Die Fackeln waren fast heruntergebrannt, die Kerzen erloschen.

Moe und ich warteten, bis alle Motorräder weggefahren waren. Dann lockerten wir zwei der unteren Bretter, bis ich sie wegtreten konnte. Wir redeten nichts, wir wollten nur raus. Wir krochen durch die Öffnung und liefen durch den Raum, am Fuchs vorbei. Die Kellertreppe hoch. Die Tür davor war mit einem Motorradschloss gesichert. Keine Chance.

Doch neben der Tür entdeckte ich ein blindes Fenster, das wir ziemlich leicht aufhebeln konnten. Moe und ich sprangen gleichzeitig ins Freie. Wir befanden uns am Hinterausgang des Krankenhauses. Es war ein völlig verrotteter Gebäudeteil, wir mussten unter der Erde endlos weit gelaufen sein.

Mittlerweile war es Nacht geworden, die Straßen waren leer. Wir rannten nach Hause, und noch nie war mir der Weg so weit vorgekommen.

16. KAPITEL

In dieser Nacht schliefen wir zum ersten Mal miteinander. Es war nicht zärtlich und behutsam und sachte, wie ich es mir immer vorgestellt hatte, sondern ruppig und gierig.

Wir fingen an, uns zu küssen, und konnten dann nicht mehr aufhören. Ich schmeckte Moes Lippen, ihre Zungenspitze, ihren Atem, und die Nacht schlug über mir zusammen wie eine dunkle, hitzige Woge.

Eigentlich war alles gut. Wir lagen auf meiner Matratze, der Hinterhof war still, es war Sommer. Aber wir dachten an die Krähen vor dem Kinderkrankenhaus, an Irinas helles Lachen und ihre scharfen Fingernägel in Moes Gesicht, an den Sturz durch den Schacht und den weiten Weg durch den Bunker, an die Versammlung der *Bandidos*, an Klitschko und Eddie und den Fuchs, wir dachten an den kommenden Tag, und wir hatten nur einander, um unseren Schrecken zu stillen.

»Ich will dich nicht verlieren«, sagte Moe zwischendurch, »echt nicht, nicht jetzt schon, ich lass dich nicht weg.«

Ich wollte nirgends hin als zu ihr. Auch wenn sie mir in den Hals biss, dass es wirklich wehtat. Auch wenn sie nach mir schlug, als ich ihre Knie küsste. Auch wenn sie mir das Hemd zerriss. Nirgends hin als zu ihr, und das immer heftiger, bis sie mich mit ihren Schenkeln umklammerte und bis die Striemen auf ihrer Wange wieder zu bluten begannen.

Es war mein erstes Mal, vielleicht auch ihres. Wir redeten nicht darüber, sondern schliefen ein, während ich noch in ihr war.

Danach begann das Warten auf Eddies Besuch. Ich wusste, dass er kommen würde. Auch wenn ich nicht verstand, wie er jemals darauf kommen konnte, dass ich es war, der seine Tüten genommen hatte: Er würde kommen. Er würde mich auf der Straße abfangen oder an meiner Wohnungstür klopfen oder irgendwann an meiner Matratze stehen. Wo auch immer er auftauchen würde, ich wollte nicht, dass Moe dabei war.

»Geh weg«, sagte ich ihr am Morgen. »Geh weg von mir, bis es vorbei ist.«

»Das sind genau die Sprüche, die ich wirklich hasse«, sagte sie. »Ihr Jungs guckt echt zu viele Filme.«

»Ich will nicht, dass du da mit reingezogen wirst«, sagte ich.

Moe schnaubte nur. »Danke, Chef! Du bist so fürsorglich. Du überweist mir dann sicher auch die Witwenrente für mich und unsere ungeborenen Kinder.«

Ich starrte sie an, als sei sie jetzt auch verrückt geworden. Aber ihr standen die Tränen in den Augen.

»Geh selbst weg, Lennart«, sagte sie plötzlich. »Wenn das stimmt, was Eddie gesagt hat, dann steht er heute noch bei Steven in der Tür. Und Steven wird ihm innerhalb von drei Minuten sagen, dass du die Sachen mitgenommen hast. Er hat dich eh schon verraten, als er die Tüten zurückgegeben hat. Und dann steht Eddie hier vor der Tür. Mit seinem Quarzer. Der schlägt dir jeden einzelnen Knochen entzwei.«

»Klitschko hat es ihm verboten«, sagte ich kleinlaut.

»Klitschko«, nickte Moe. »Du hast Glück, wenn Eddie dich killt, ehe er dich Klitschko ausliefert. Wenn du Klitschko triffst, solltest du lieber vorher tot sein.«

Das war zwar Mädchenlogik, aber irgendwie auch einleuchtend.

»Geh weg, Lennart«, sagte sie noch mal.

»Wohin soll ich gehen? Nach Detmold? Nach Hannover? Nach Stuttgart? Ich will nirgends sein als hier, in meiner Gegend. Meine Eltern kommen in sechs Tagen zurück. Meine Schule fängt in zehn Tagen wieder an.«

»Du scheißt doch eh drauf«, sagte Moe.

»Du bist hier«, sagte ich. »Ich gehe nicht weg. Außerdem muss ich nur den heutigen Tag überstehen. Wenn Eddie am Abend wieder im Keller antanzen muss und nichts vorweisen kann, dann geht er durchs Messer. Hat Klitschko gesagt.«

Das war zwar eine Jungslogik, die mir selbst nicht ganz geheuer war, aber Moe sagte nichts weiter dazu. Wir gingen in der türkischen Bäckerei frühstücken.

Dann suchten wir Steven, um ihn zu warnen. Er ging nicht an sein Handy. Schon seit Tagen hatte ihn niemand mehr gesehen oder erreicht. Chris und Kaya waren ebenso ratlos, wo er sein könnte.

»Du solltest verschwinden, Lenny«, sagte Chris, als wir ihnen von der Versammlung der *Bandidos* erzählten. »Das geht nicht gut aus. Ich kann dich bei Freunden unterbringen. Steven sollte auch verschwinden.«

»Der ist schon verschwunden«, sagte Kaya. »Komischer Vogel. Wieso sagt er uns nichts davon? Wieso nimmt er dir die Sachen von Eddie ab, um sie ihm zurückzugeben? Ist der blöd, oder was?«

Wir klingelten bei ihm zu Hause, doch seine Mutter wusste nicht, wo er war. »Er sagte, er wollte was für die Schule machen. Ausgerechnet dann fragen alle Leute nach ihm. Heute Morgen hat schon ein anderer Typ nach ihm gefragt. Einer mit Essproblemen. Der wirkte ziemlich panisch.«

Wir liefen durchs ganze Viertel und fragten überall nach Steven, aber keiner hatte ihn gesehen.

Mittags warteten wir eine Stunde lang vor dem *Anfall.* Dort rührte sich nichts, die Rollläden waren heruntergelassen.

»Verschwinde, Lennart«, sagte Kaya. »Wir sind nicht die Einzigen, die hier auf ihn warten. Eddie wird hier früher oder später aufschlagen.«

»Eddie sucht mich noch nicht«, sagte ich. »Erst wenn er mit Steven geredet hat.«

Ein schwacher Trost. Wir waren nervös. Chris zerkrümelte ein Brötchen, das er sich in einem Kiosk geholt hatte. Er ließ einen Brösel nach dem anderen auf den Gehweg fallen. Moe rauchte. Kaya drehte sich die nächste Zigarette. Ich starrte einfach vor mich hin. Mir fiel nichts ein, als hier zu warten.

Dann hob Chris den Kopf. Er lächelte unsicher. So grinste er manchmal, wenn er einen richtig bescheuerten Einfall hatte, es war ein Grinsen aus vorauseilender Entschuldigung.

»Wie wäre es«, sagte er, »wenn wir Eddie suchen würden?«

»Das ist das Blödeste, was ich jemals gehört habe«, sagte Moe.

»Kann sein«, sagte Chris. »Aber es ist immer noch besser, als abzuwarten, was er jetzt macht. Wir sitzen hier wie das Kaninchen, das auf die Schlange wartet und sich vorher schon einpisst. Eddie muss nicht die Schlange sein, wir müssen nicht das Kaninchen sein.«

»Wie sollen wir ihn finden?«, fragte ich. »Du weißt nicht, wo er wohnt.«

»Ich kenne seinen Namen«, sagte Chris. »So einen Namen gibt es in Berlin nicht oft. Schleppnik, Alter! Vielleicht weiß einer meiner Leute auch mehr.«

Dann fing er an rumzutelefonieren. Ich hörte nur Bruchstücke seiner Unterhaltungen. »Hey, Alta, was geht? Hör mal, kleine Frage: Kennst doch Eddie vom *Berghain*. Ja, genau. Weißt du was über ihn? Wo er wohnt? Wo er rumhängt? Kennst du einen, der es wissen könnte?«

Zwanzig Minuten der wildesten Anfragen vergingen, dann war sein Akku leer, und Chris hatte alle nötigen Informationen zusammen und einen Plan.

Aber Moe und Kaya wollten nichts davon wissen. Sie standen auf und stemmten die Hände in die Hüften. Sie sahen aus wie Manga-Prinzessinnen, die in einen kosmischen Kampf zogen. Fehlte nur, dass grüne Blitze aus ihren Augen schossen. Sie waren echt total wütend.

»Ihr seid so krank«, sagte Moe. »Ihr führt euch wie kleine Jungs auf, die ein Computerspiel zocken. Aber das ist kein Spiel. Hier kannst du dir kein neues Leben kaufen, keine tolle Superknarre. Geht abkacken, Jungs, aber ohne uns.«

»Genau«, sagte Kaya. »Wir gehen jetzt shoppen zu Primark. Machen uns einen richtig netten Vormittag. Holen uns süße kleine Prolljäckchen und Lipgloss, und dann jagen wir solvente Werbefuzzis aus Mitte, während ihr euch in die Scheiße reitet.«

Chris stöhnte. »Hört doch mal zu. Die Sache ist ganz einfach.«

»Wenn ich das schon höre, wird mir schlecht«, sagte Moe.

»Aber wir kommen natürlich zu eurer Beerdigung«, sagte Kaya, als sie abzogen, Arm in Arm, und uns bitchige Handküsse zuwarfen. Sie sahen so super aus. Aber wenn es ihr Plan war, uns abzulenken, dann ging es daneben. Wir beide blieben einfach sitzen.

»Erzähl endlich«, sagte ich zu Chris.

Wie alle genialen Pläne war Chris' Plan völlig simpel und eigentlich undurchführbar. Wir versuchten es trotzdem und machten uns sofort auf den Weg.

Eddie wohnte in einem Plattenbau am Strausberger Platz. Die Wohnung lag im dritten Stock. Auf dem Klingelschild stand *Amelie Schleppnik*.

Wir klingelten.

Keine Reaktion.

Wir klingelten ein zweites Mal. Diesmal ließ Chris seinen Finger eine Minute lang auf dem Klingelknopf. Wir hörten die Klingel in der Wohnung schrillen, doch die Tür blieb geschlossen.

Wir klopften.

Nichts geschah.

Der Nachbar nebenan streckte seinen Kopf durch den Türspalt, ein verhutzelter Rentner mit rot geäderter Nase.

»Freunde von Eddie?«, fragte er barsch.

Wir nickten.

»Er ist nicht da«, sagte er. »Nehmt die Kreditkarte.«

»Hä?«

Er schüttelte den Kopf, genervt von so viel Begriffsstutzigkeit.

»Die Kreditkarte, Jungs. Stellt euch nicht so blöd an.«

Chris nestelte seine Bankkarte aus der Hosentasche und drehte sie unschlüssig in der Hand. Wir hatten echt keine Ahnung, was wir damit tun sollten.

Der Rentner kam in den Hausflur, riss Chris die Karte ungeduldig aus der Hand, steckte sie zwischen Eddies Wohnungstür und Rahmen und hebelte so das Schnappschloss auf. Dann gab er Chris die Karte zurück.

»Ihr Bengels von heute seid einfach unterbelichtet«, sagte er verächtlich, als er wieder in seiner Wohnung verschwand.

Er riss die Tür noch mal auf: »Das heißt übrigens Danke! Und grüßt sie schön von mir.«

»Danke«, sagten Chris und ich gleichzeitig.

Berliner Rentner. Manchmal muss man sie einfach mögen.

Wir drückten die Tür so vorsichtig auf, als würde Eddie dahinter mit einer Machete in der Hand stehen. Doch der Flur war leer.

Links ging es in die Küche. Rechts in ein Schlafzimmer. Geradeaus war das Wohnzimmer.

Wir hatten uns vorher keine Gedanken gemacht, was uns erwarten würde. Doch dieses Wohnzimmer überraschte uns. Okay, da war die unvermeidliche Hantelbank, die in jeder Wohnung eines Berliner Türstehers zu finden ist. Der Flachbildschirm. Das Poster einer Blondine im knappen Bikini am Strand. Doch gegenüber war eine Anbauschrankwand mit gemütlicher Couchgarnitur, ein geschmackvolles Ensemble aus einem volkseigenen Betrieb Mitte der Achtzigerjahre.

Ich bekam diese nostalgische Biederkeit nicht zusammen mit dem Bild, wie ich Eddie zuletzt gesehen hatte, nackt und blutüberströmt unter dem toten Fuchs an der Kette.

»Eddie, bist du das?« Die Stimme kam aus dem hinteren Schlafzimmer. Sie hörte sich leidend und grantig zugleich an. Die Stimme einer kranken alten Frau. Einer einsamen Frau.

»Eddie, komm doch mal.«

Chris und ich schauten uns an. Wir wären beinahe vor Schreck gestorben – oder vor Lachen. Wer hätte auch ahnen können, dass Eddie noch mit seiner Mutter zusammenwohnte. Doch wir rissen uns zusammen.

»Eddie?«

»Tach, Frau Schleppnik!«, rief Chris. »Wir sind Freunde von Eddie. Der Nachbar hat uns freundlicherweise hereingelassen.«

»Ach, der Herr Nowak, ja, das ist ein netter Mann, immer gewesen, auch früher, als er noch bei der Firma war.«

»Er lässt Sie grüßen«, sagte ich.

»Ein netter Mann. Gibt nicht mehr viele von seinem Schlag.«

Wir näherten uns dem Schlafzimmer. Ein durchdringender Geruch nach Eukalyptus und Urin wies uns den Weg.

Die Vorhänge waren zugezogen. Dennoch stand die Sommerhitze im Zimmer. Frau Schleppnik lag im Bett, und es war klar, dass sie nicht mehr aufstehen würde. Ihr Haar war in kleinen feuchten Knoten verklebt. Auf ihrem Gesicht stand Schweiß, sie tupfte sich dauernd mit einem Taschentuch die Stirn, doch das half nichts, der Schweiß floss an ihren Schläfen herab und sammelte sich unter ihrem Kinn.

Sie war eine riesige Frau, ein Gebirge von Frau, sie füllte das Bett nahezu aus, obwohl es eine Sonderanfertigung war. Neben ihr hatte sie einen Nachttisch, auf dem Medikamente lagen. Doch so reglos sie dalag, konnte ich mir kaum vorstellen, dass sie sich damit allein versorgen konnte.

»Brauchen Sie etwas, Frau Schleppnik?«, fragte ich.

»Jungchen, das ist nett, dass du fragst. Bring mir mal ein Glas Wasser, ich muss die Pillen nehmen, sonst ist Eddie wieder sauer.«

Ich holte ein Glas Wasser aus der Küche und musste ihren

Kopf stützen, damit sie trinken konnte. Sie nahm vorsichtige Schlucke und ließ sich dann mit einem tiefen Seufzen wieder in die Kissen sinken.

»Soll ich mal lüften?«, fragte Chris.

Sie nickte schwach, als sei es ihr egal.

Als Chris das Fenster öffnete, wehte das Kinderkreischen von einem Spielplatz hoch. Der Fernsehturm war nicht weit. Der Mittagsverkehr rauschte über die Karl-Marx-Allee. Es schien eine andere Welt zu sein. Frau Schleppnik ging sie nichts mehr an.

»Wann kommt Eddie denn wieder?«, fragte Chris.

Lange gab sie keine Antwort. Sie lag mit geschlossenen Augen, atmete nur und seufzte dabei so stark, als sei ihr schon das Atmen zu viel.

Dann sagte sie: »Der Junge kommt und geht. Hat viel zu tun, sagt er. Ich denke immer: Hoffentlich übernimmt er sich nicht. Er war ja schon als Junge eher zart. Dick, ja. Also, korpulent sozusagen. Aber zart auch. Das unterschätzt man oft. Aber eine Mutter weiß das. Er hat viel geweint damals. Wurde ja auch oft gehänselt in der Schule. Na ja. Jetzt steht er in Brot und Arbeit, und das ist das Wichtigste.«

Sie schnaufte eine Weile vor sich hin.

»Auch wenn er sich nicht mehr so kümmern kann wie früher. Oft liege ich den ganzen Tag allein. Die Nächte sowieso, das kennt man ja, da ist er immer unterwegs. Aber wenn er dann kommt, dann schaut er immer, ob ich die Pillen genommen habe. Und wenn nicht, dann gibt's ein Donnerwetter.

Und dann muss er gleich wieder los zu seinem Wachschutz. Sind alles nette Jungs. Er bringt manchmal welche mit.«

Sie schwieg. Wir saßen da, hörten auf das Kinderlachen unten vom Spielplatz her und warteten.

»Alles nette Jungs«, sagte Frau Schleppnik. »Aber ein Mädchen bringt er nie mit. Nie. Manchmal denke ich, für Mädchen interessiert er sich nicht. Aber in seinem Alter! Er ist doch nun auch ein Mann. Da muss doch jemand für ihn kochen. Seine Wäsche machen. Ich kann das ja nicht mehr. Aber ein Mädchen bringt er nie mit. Ich hab schon gedacht, dass er mehr so mit Männern …«

Sie sah uns fragend an, aber wir verzogen keine Miene.

Dann hob sie leicht den Kopf und lauschte. »Da kommt er ja.«

Tatsächlich waren Schritte im Hausflur zu hören. Ein Schlüsselbund rasselte, die Tür sprang auf.

»Eddie, Jungchen!«, rief Frau Schleppnik.

»Gleich, Mama«, sagte er.

»Er muss erst ins Bad«, teilte Frau Schleppnik uns mit. »Macht er immer so. Schon als Kind. Kommt nach Hause und geht erst mal ins Bad. Na ja. Warten wir eben.«

Ich sah zu Chris hinüber, innerlich total verkrampft. Hoffentlich war sein Plan wirklich so gut. Er hatte was von »Initiative ergreifen« und »Überraschungselement nutzen« gesagt. Chris, der King of Lockerheit.

Ich schwitzte, und das lag nicht an der mörderischen Hitze im Krankenzimmer von Eddies Mutter. Ich wollte nicht warten.

Aber Chris nickte mir beruhigend zu, als sollte ich ihm einfach mal vertrauen. Dabei wäre ich am liebsten aufgesprungen und weggerannt. Mein schlauer Vater fiel mir ein, der mich immer gern belehrte: *Du kannst nicht immer wegrennen, du musst dich auch mal deinen Problemen stellen. Den Konflikten aktiv begegnen.* Ich zog mir die Kapuze über den Kopf und wartete.

Frau Schleppnik lag mit geschlossenen Augen und schnaufte. Der Schweiß rann ihr über die Schläfen hinunter zum Hals. Wir hörten die Toilette im Bad rauschen, die Tür klappen. Dann stand Eddie im Zimmer.

Er prallte zurück, als er uns sah.

Offensichtlich hatte er in der letzten Nacht nicht mehr als eine Stunde geschlafen. Er sah nach dreißig Tassen Kaffee und neunzig Zigaretten aus. Ein Mann, der gefährlich unter Strom stand. Ein Mann in echter Todesangst.

»Was ist das hier?«, fragte er. »Wie kommt ihr hier rein?«

»Wir müssen reden, Eddie«, sagte Chris.

»Die jungen Herren haben auf dich gewartet«, sagte Frau Schleppnik. »Sie sind sehr nett. Haben mir Gesellschaft geleistet.«

Eddies Blick wanderte von Chris zu mir und zurück. Man sah buchstäblich, wie es in seinem Hirn arbeitete. Er hatte dunkle Ringe unter den Augen. Er verstand nicht, was hier vorging. Er brauchte eine Pause.

»Wir müssen reden, Eddie«, sagte Chris wieder, betont locker.

»Wer von euch ist Lennart?«, fragte Eddie plötzlich.

Chris deutete auf mich. »Genau, wir müssen über Lennart reden.«

Eddie machte einen Schritt auf mich zu. Dann drehte er sich blitzschnell zu Chris um und schlug ihm ansatzlos die Faust in den Bauch. Leberhaken. Chris klappte sofort vornüber. Eddie rammte ihm sein Knie gegen den Kopf.

»Eddie«, sagte Frau Schleppnik vom Bett aus. »Du weißt, dass ich das nicht dulde. Nicht in meiner Wohnung.«

Eddie hörte nicht auf sie. Er stand vor mir.

»Nimm die Kapuze runter.«

Ich nahm die Kapuze runter.

»Du bist also Lennart«, sagte er.

Ich nickte.

»Du hast mein Zeug aus der Fabrik geklaut.«

Offenbar hatte er bereits mit Steven gesprochen. Ich hoffte, dass Steven das Gespräch überlebt hatte. Eddie sah mich kalt an. Ich hoffte, dass er mich nicht schlagen würde. Klitschko hatte es ihm untersagt. Sollte ich ihn daran erinnern? Ich hielt lieber den Mund und hoffte.

Eddies Faust sah ich nicht kommen, ich bemerkte nur die Bewegung seiner linken Schulter, die sich unglaublich rasch eindrehte.

Frau Schleppnik sagte etwas, während ich vornüberfiel und nach Luft rang. Ich verstand nicht, was sie sagte, ich wollte nur atmen, doch es gab keine Luft mehr.

Mein letzter Gedanke war: *Toller Plan, Chris, echt toll.*

Dann stürzte ich in einen schwarzen Strudel aus Schmerz.

17. KAPITEL

»Toller Plan, Chris«, sagte ich eine Stunde später, als wir wieder aufgewacht waren. Wir lagen in Schleppniks Badezimmer, zwischen Dusche und Toilette. Es roch nach Eddies Unterhosen. Es roch nach Tod und Verderben. Unsere Hände waren hinter dem Rücken zusammengebunden.

»Sorry, Alter«, sagte Chris. »Aber alles halb so wild. Ich ruf Kaya an, die schickt die Bullen her. Hol mal das Handy aus meiner Tasche.«

»Kaya ist shoppen«, sagte ich, »die geht nicht ran.«

Ich konnte sie vor mir sehen, Kaya und Moe in der Umkleide bei Primark, wie sie gedankenverloren ein Teil nach dem anderen anprobierten und sich vor dem Spiegel drehten, während ihr Handy klingelte und klingelte.

»Jaul nicht rum«, sagte Chris. »Gib mir mein Handy.«

Ich robbte an ihn heran und fühlte in seinen Taschen, doch er hatte kein Handy mehr. Und ich hatte meines auch nicht mehr. So blöd war Eddie nicht; er hatte uns die Handys weggenommen. Ich schaffte es auch nicht, die Fesseln von Chris' Händen zu lösen. Eddie hatte diese Plastikfesseln benutzt, die knapp über der Haut einrasten. Immerhin gelang es mir, mich aufzusetzen und dann auf die Füße zu kommen. Die Badezimmertür war verschlossen. Ich legte mein Ohr daran und lauschte; es war totenstill in der Wohnung.

»Frau Schleppnik!«, rief ich leise.

Keine Antwort.

Etwas lauter: »Hallo? Frau Schleppnik?«

Endlich hörte ich ihre Stimme. »Was ist denn? Wer ist denn da?«

»Wir sind's, Eddies Freunde. Wir haben uns im Bad eingeschlossen. Könnten Sie bitte die Tür von außen öffnen?«

Ich legte so viel Freundlichkeit und Charme in meine Stimme, wie mir möglich war. Manchmal lassen sich ältere Frauen davon beeindrucken. Viel lieber hätte ich herumgeblafft, und zwar nicht nur mit Frau Schleppnik, sondern vor allem mit Chris. Er lag immer noch zusammengerollt auf dem Boden und stierte ausdruckslos vor sich hin. Es war ganz eindeutig seine Schuld, dass wir hier gelandet waren. Seine Schuld. Seinem kranken Hirn war dieser geniale Plan entsprungen, Eddie in seiner Wohnung aufzusuchen – »und dann mal sehen, was passiert«. Es war meine Blödheit, dass ich mitgelaufen war, aber seine Schuld, dass wir überhaupt losgegangen waren. Ich hasste Chris, wie ich noch keinen Menschen auf der Welt gehasst hatte. Am liebsten hätte ich ihn quer durch die Wohnung gejagt.

»Frau Schleppnik? Könnten Sie freundlicherweise bitte aufmachen? Wir haben noch einen Termin.«

Ein langer Moment verging, dann hörte ich sie: »Jungchen, ich bin seit Monaten nicht mehr aufgestanden. Du glaubst nicht, was ich dafür geben würde, mal wieder ins Bad zu gehen. Aber ich liege hier und liege. Schön ist das nicht. Ich bin schon ganz wund gelegen. Glaubst du, das interessiert jemanden?«

Ihre Stimme drang nur undeutlich durch die Badezimmertür. Sie klang erschöpft.

»Bitte, Frau Schleppnik, versuchen Sie es doch.«

»Mein Sohn ist gleich zurück, hat er gesagt. Er kümmert sich dann um euch, hat er gesagt.«

Ich pochte mit den Fußspitzen gegen die Tür und rief etwas dringlicher: »Hören Sie, Frau Schleppnik, wir können nicht hier bleiben. Sie müssen uns hier rauslassen. Das sind Sie uns schuldig. Stehen Sie doch auf! Es ist doch nicht weit. Und dann können Sie sich gleich wieder hinlegen.«

Ich hörte nur ein höhnisches Lachen von ihrem Zimmer her.

»Ihr Jungs habt das Fenster aufgemacht, und jetzt weht es hier rein, und ich hole mir den Tod. Vielen Dank, Jungs. Das Fenster kann ich auch nicht zumachen, ich komm nicht ran.«

Steh auf, du fette Schlampe, dachte ich, oder ich mach dir Beine. Aber das sagte ich lieber nicht.

»Die steht nicht auf«, sagte Chris. »Die steht in ihrem Leben nicht mehr auf.«

Ich drehte mich zu ihm um. »Oh, der feine Herr Schlauschlau äußert sich auch mal. Hast du vielleicht eine Idee, wie wir hier rauskommen?«

Chris zuckte bloß mit den Achseln. Er hatte offensichtlich aufgegeben, mit seinem Leben abgeschlossen.

»Ist doch auch egal. Eddie wird uns rausholen. Wenn es

Zeit ist. Er wird kommen und die Tür aufschließen. Und dann wird er uns zusammentreten oder windelweich prügeln oder abstechen oder aufschlitzen oder …«

»Halt verdammt noch mal die Klappe«, sagte ich.

Chris starrte mich nur depressiv an. Von ihm waren keine konstruktiven Vorschläge zu erwarten.

»Frau Schleppnik!« Ich wandte mich wieder zur Badezimmertür. »Frau Schleppnik, wir rufen die Polizei, so leid es uns tut. Wir werden hier gegen unseren Willen festgehalten. Bitte, holen Sie uns hier raus.«

»Ich kann nicht.«

Ich musste an meinen Vater denken. *»Ich kann nicht« heißt: »Ich will nicht.« Denk mal drüber nach, Lennart.* Das hatte er mir immer wieder vorgehalten und dabei seinen verkrüppelten Finger in die Luft gestreckt. Mein Vater mit seinen Regionalligatrainertipps. *Du musst deine Leistung abrufen, Lennart. Dahin gehen, wo es wehtut. Gras fressen. In die Zweikämpfe finden. Dem Gegner dein Spiel aufdrücken.*

Nach einer Weile ließ sich Eddies Mutter wieder vernehmen: »Und? Habt ihr die Bullen angerufen? Wollt ihr nicht auch den Schlüsseldienst anrufen? Eure Eltern? Habt ihr euch schon eingepullert dadrinnen? Muss euch jemand die Windeln wechseln?« Diesmal klang ihre Stimme gehässig und angriffslustig.

Chris rappelte sich mühsam hoch und setzte sich auf den Klodeckel. Er ließ den Kopf hängen. Jetzt war es nichts mehr mit King of Lockerheit.

»Es ist aus, Lennart. Gib einfach auf. Wir kommen hier erst raus, wenn Eddie uns holt. Seine Mutter rührt keinen Finger für uns.«

»Du mit deinem Scheißplan«, sagte ich.

»Wer hat uns denn hier reingeritten?«, fragte er. »Ich? Ich wollte dir bloß helfen. Aber du hast die Tüten mitgehen lassen, du! Ich war von Anfang an dagegen. Du hast das Zeug nach Hause geschleppt. Du, Lennart. Du bist schuld.«

Ich starrte ihn verblüfft an. Wie man derartig die Tatsachen verdrehen konnte, das war mir noch nie vorgekommen. Und von Chris hätte ich das am wenigsten erwartet.

»Du hast Eddie gleich gesagt, wer ich bin. Mit dem Finger auf mich gewiesen. Wolltest vermutlich nur deine eigene Haut retten. Nimm Lennart, nicht mich. Stech ihn ab, mach ihn kalt, aber mich lass bitte laufen. Du bist der tollste Freund ever.«

Ich spuckte vor ihm aus. Chris stand sofort auf und stürzte sich auf mich. Wir hatten uns nur selten geprügelt, meist ging es um irgendwelche Kleinigkeiten, aber jetzt wollten wir uns ernsthaft schlagen.

Mit gefesselten Händen und in einem engen Badezimmer einer Plattenbauwohnung war das keine richtig gute Idee. Ich konnte ihm nur ein paarmal vors Schienbein treten, und er rammte mich mit dem Kopf, sodass ich gegen die Tür taumelte. Sie gab um keinen Millimeter nach. Ich trat nach hinten aus und traf Chris in die Eier, der sich abrupt hinsetzte, mit dem Rücken gegen die Duschkabine. Dort wusch Eddie nach einer arbeitsreichen Nacht Schweiß und Blut ab. Egal. Ich wollte keine Sekunde lang an Eddie denken.

Ich setzte mich neben Chris. Wir ließen beide die Köpfe hängen. Wir warteten.

Manchmal rief Frau Schleppnik nach uns, aber wir antworteten nicht mehr.

Die Zeit verging.

Der Wasserhahn tropfte, und mit jedem Tropfen kam ich dem Moment näher, dass Eddie hereinkommen und uns holen würde. Uns? Vielleicht nur mich. Vielleicht ließ er Chris laufen. Chris hatte mit der ganzen Sache nichts zu tun. Er hatte mich nur in die Wohnung gebracht. Vielleicht war sogar das ein abgekartetes Spiel, aber es war mir jetzt auch egal.

»Ich weiß, was du denkst, Lennart«, sagte er neben mir. »Aber so ist es nicht. Ich wollte dich nicht reinreiten. Ich wollte nur helfen.«

»Schon gut«, sagte ich.

»Wird schon«, sagte er.

Ich nickte. Aber ich glaubte ihm nicht. Wir ließen die Köpfe hängen und warteten auf Eddie.

Der Wasserhahn tropfte.

»Sorry für den Tritt in die Eier«, sagte ich nach einer Weile.

»War nicht so arg wie Eddies Leberhaken«, sagte er.

Danach fiel uns nichts mehr ein.

Nach zwei Stunden kamen sie. Mir schien es, als hätten wir zwei Tage im Badezimmer gesessen. Doch als die Wohnungstür klappte, wäre es mir lieber gewesen, wir hätten noch eine Stunde Zeit gehabt. Oder einen Tag.

Aber unsere Zeit war abgelaufen. Eddie schloss die Badezimmertür auf. Sie waren zu dritt. Seine beiden Kumpel schauten uns an, als wären wir der letzte Dreck. Ungeziefer, das sie am liebsten unter den Stiefeln zertreten hätten.

»Aufstehen!«, sagte Eddie.

Wir kamen mühsam auf die Füße.

»Umdrehen!«, sagte er.

Wir drehten uns zur Duschkabine. Die leicht schimmlige Schiebetür war das Letzte, was ich sah. Einen Moment später wurde ein Tuch über meinen Kopf geworfen und festgezurrt.

»Wo bringt ihr uns hin?«, fragte ich. Meine Stimme hörte sich dumpf an unter dem schwarzen Tuch.

Eddie gab keine Antwort.

Aus dem Schlafzimmer kam die Stimme von Frau Schleppnik: »Junge, was ist das für ein Lärm? Ich brauche meine Ruhe. Und kannst du bitte mal das Fenster zumachen, es zieht wie Hechtsuppe. Deine Freunde haben vergessen, das Fenster zu schließen. Sie wollten aus dem Badezimmer raus, aber ich kann doch nicht aufstehen.«

»Das sind nicht meine Freunde«, sagte Eddie.

»Musst du noch mal weg?«, fragte sie. »Mach mir bitte vorher noch ein paar Stullen mit der Sülzwurst, ich geh ein vor Hunger.«

Wir hörten Eddie genervt schnauben, dann drüben in der Küche klappern.

»Bier dazu?«, rief er durch die Wohnung.

»Ach ja, ein Bierchen, das wäre schön«, sagte sie. »Und mach mir den Fernseher an. Und pullern muss ich auch noch.«

Während Eddie zu tun hatte, standen Chris und ich reglos nebeneinander. Seine Kumpel lehnten irgendwo im Flur und rauchten. Sie schienen alle Zeit der Welt zu haben.

»Könnt ihr das Tuch vielleicht etwas lockern?«, fragte Chris. »Ich kriege kaum noch Luft.«

»Halt die Fresse, du Schwuchtel«, sagte einer der beiden.

Dann war Eddie zurück.

»Abflug«, sagte er.

Sie stießen uns durch den Wohnungsflur, hinaus ins Treppenhaus und in den Fahrstuhl. Unten auf der Straße drückten sie uns in einen Lieferwagen.

Wohin würden sie uns bringen? Ich vermutete, dass sie zum ehemaligen Kinderkrankenhaus in Neukölln fuhren. Oder zur Fleischfabrik in Lichtenberg. Oder auf ein brachliegendes Grundstück am Rande der Stadt. Und was würde dort mit uns geschehen? Ich wusste es nicht und wollte es auch nicht wissen. In diesem Moment bereute ich es, die Tüten in der Treppenstufe mitgenommen zu haben. Ich bereute ehrlich und aufrichtig, aber es war zu spät.

Wir horchten auf den neben uns dahinströmenden Verkehr. Wir waren noch mitten in der Stadt, in der Nähe des Alexanderplatzes, draußen gingen die Leute ins Kino oder ins Restaurant. Sie ahnten nichts davon, dass ein Lieferwagen an ihnen vorbeirauschte, in dem zwei Jugendliche ihrer letzten Stunde entgegenfuhren. Sie dachten an das nächste Bier, sie telefonierten, verabredeten sich, sie hatten ihr Leben noch vor sich. Wir hielten vor einer Ampel, dann ruckte der Wagen an, bog ab, beschleunigte. Hinter uns folgte einer auf dem Motorrad.

»Es tut mir leid«, sagte ich.

»Was tut dir leid?«, fragte Chris.

»Alles. Dass ich das Zeug mitgenommen habe. Dass ich nicht auf euch gehört habe. Dass ich dich mit reingezogen habe.«

»Fällt dir ziemlich spät ein, Digga«, sagte er. Er kicherte nervös und fand seinen ironischen Tonfall wieder: »Was soll's. Andere Jugendliche würden sich freuen, mal was Aufregendes zu erleben, statt ewig *Call of Duty* zu zocken. Oder *Grand Theft Auto*. Oder *Minesweeper*. Dazu lauwarme Pizza vom Bringdienst. Echt, andere würden was dafür geben, mal in ein wirkliches Abenteuer zu geraten. Willkommen im echten Leben.«

Da war er wieder, der King of Lockerheit. Er stand auf der sonnigen Seite des Lebens.

»Pizza, Alter«, sagte ich. »Was würde ich jetzt für ein Stück Pizza geben. Ich sterbe vor Hunger.«

Tatsächlich war mir flau im Bauch, doch nicht nur, weil ich seit einem Tag nichts mehr gegessen hatte.

Chris seufzte ebenfalls. »Genau. Ein Stück knusprige Pizza oder ein Meistaburger vom *Burgermeister*.«

»Sobald wir hier rauskommen, lade ich dich ein«, sagte ich.

»Was immer du willst – Pizza, Fritten, Hamburger, Tortilla-Chips, Kuchen, Schokolade.«

»Dann sieh mal zu, dass wir aus dieser Sache rauskommen«, sagte Chris.

Der Wagen bog um die nächste Kurve. Draußen war es stiller geworden, es kamen uns kaum noch Autos entgegen. Schließlich hielten wir an. Der Motor verstummte. Autotüren klappten. Sie zerrten uns aus dem Lieferwagen heraus.

Ich hörte das scharfe Flügelschlagen von Krähen, die hellen Rufe eines Mauerseglers.

Motorräder näherten sich, hielten an. Man begrüßte sich.

Ich spürte, dass Chris neben mir stand. Wir sagten nichts, sondern warteten nur auf den nächsten Schritt. Meine Beine zitterten so heftig, dass ich kaum stehen konnte.

So standen wir etwa eine halbe Stunde lang, während weitere Motorräder eintrafen.

Dann wurden wir über eine halbhohe Mauer gestoßen und über einen Platz geführt. Eine Metalltür knarrte.

»Hier ist eine Treppe«, sagte Eddie und gab mir einen Stoß.

Ich tastete mich die Stufen herunter und wusste, dass wir den Raum betraten, in dem er in der letzten Nacht sein Aufnahmeritual hatte. Chris kam hinter mir. Ich hörte ihn unter seinem Tuch schnauben. Ein widerlicher Geruch lag in der Luft.

»Ich bring dir die Muschi, die meine Sachen gestohlen hat«, sagte Eddie.

»Setz ihn an den Tisch.« Das war Klitschkos Stimme. »Wir fangen an.«

18. KAPITEL

Als mir das Tuch abgenommen wurde, sah ich zuerst zwei Messer. Sie lagen vor mir auf dem Tisch. Ihre Klingen glänzten im rötlichen Licht des niedrigen Raumes. Der Glanz lag wie ein fieses, gehässiges Lächeln auf ihnen. Das eine war ein mittelgroßes Schlachtermesser, wie man es für Innereien verwendet. Das andere ein sardisches Hirtenmesser mit einer sanft geschwungenen Klinge, die sehr spitz auslief. Die beiden Messer lagen auf der Holzplatte des Tisches, die unzählige Kerben und getrocknete Blutflecken aufwies.

Mir gegenüber saß Klitschko.

Er sagte nichts.

Er betrachtete mich abschätzig. Ich konnte nicht lange in seine Augen sehen, dann schlug ich den Blick nieder. Ich zwang mich, ihn wieder anzusehen, und weil ich seinen Pupillen auswich, blieb ich am tätowierten Stacheldraht hängen, der sich von seiner Schläfe über die linke Gesichtshälfte bis zum Hals hinunterzog. An der Halsschlagader puckerte ein tätowierter Kolibri, der nicht aus dem Stacheldraht herausgefunden hatte. Alles in allem kein schönes Gesicht. Eine höhnische Grausamkeit lag darin, eine Art Blutdurst, eine Vorfreude auf Schmerzen.

Meine Hände waren noch gefesselt. Ich spürte, dass der Raum wieder voll war, doch diesmal war die Anspannung deutlicher zu spüren. Die Männer lachten nicht, sie begrüßten sich schweigend. Ich wagte es nicht, meinen Kopf zu drehen, um mich im Raum umzusehen. Wo Chris war, wusste ich nicht. Ich sah nur Klitschko, der mich unverwandt anstarrte.

Und ich sah den Leichnam des Fuchses, der über unseren Köpfen an der Kette hing.

Jemand öffnete meine Handfesseln.

»Five Finger Fillet«, sagte Klitschko. »Schon mal gehört?«

Ich schüttelte den Kopf. Und kam mir dumm vor. *Versager. Trottel. Keine Ahnung von nichts. Honk.* Klitschko nickte, als hätte er nichts anderes erwartet.

Er legte seine linke Hand auf die Tischplatte. Handrücken nach oben, die Finger weit gespreizt.

Dann schaute er mich an. Ich wusste nicht, was ich tun sollte. Jemand von hinten gab mir eine Kopfnuss. Da legte ich auch meine linke Hand auf die Tischplatte, Handrücken nach oben, die Finger weit gespreizt.

Klitschko nahm das sardische Hirtenmesser in seine rechte Hand, seine Faust. Er hielt es, wie man einen Eispickel hält, die Messerspitze nach unten. Dann schaute er mich an. Ehe ich die nächste Kopfnuss bekam, nahm ich das Schlachtermesser in meine rechte Faust. In den Handflächen spürte ich das harte, kühle Metall des Griffs. Meine Hand ahnte die Klinge, ihren tödlichen Schliff.

Klitschko stieß die Messerspitze neben seinem Daumen in

den Tisch, dann zwischen Daumen und Zeigefinger, dann wieder zum Ausgangspunkt zurück.

Sehr langsam.

So langsam, dass ich begriff.

So langsam, dass ich sah: Seiner linken Hand fehlten die Hälfte des Zeigefingers und die Hälfte des kleinen Fingers. Sein Handrücken war übersät von Stichen, die zu wulstigen Narben verheilt waren. Offensichtlich spielte er dieses Spiel nicht zum ersten Mal. Aber zu wirklicher Meisterschaft hatte er es wohl noch nicht gebracht. Oder er hatte sie sich teuer erkauft.

Jemand gab mir eine Kopfnuss. Klitschko wartete.

Ich nahm das Schlachtermesser und stieß es vor meinem Daumen in die Platte, zwischen Daumen und Zeigefinger und wieder vor dem Daumen.

Klitschko nickte.

Die Männer rückten näher zum Tisch hin. Ich sah auf meine linke Hand. Sie zitterte leicht. Sie lag flach ausgestreckt und erwartete die Messerstiche.

Jemand begann in einem langsamen Rhythmus zu klatschen, die anderen fielen ein, sehr langsam, wie das Wogen eines müden Meeres. Klitschko hob sein Messer und sah mich an, bis ich auch meines hob. Und dann tanzten unsere Messer im trägen Rhythmus des Klatschens zwischen unseren Fingern, stießen scharf und kalt in die Zwischenräume, kamen zurück, flirrten über den nächsten Finger, stießen zu, wanderten bis zum kleinen Finger und von dort zurück zum Daumen.

Ich hatte es gut überstanden. Einmal war die Messerspitze nur sehr knapp vor dem Mittelfinger eingeschlagen, doch sie hatte ihn nicht verletzt.

Klitschko und ich waren gemeinsam fertig. Ich probierte ein sportliches Lächeln und wollte mein Messer weglegen. Jemand von hinten gab mir eine scharfe Kopfnuss.

Klitschko hielt sein Messer wartend in der Hand. Das Klatschen setzte wieder ein, drängender diesmal, gieriger.

Der nächste Durchgang war schnell geschafft. Unsere Messer schienen über die Hände zu fliegen, hackten nur kurz in die Zwischenräume, flogen weiter. Diesmal stand mir der Schweiß auf der Stirn, als wir fertig waren. Meine Hand war unversehrt, doch diesmal hatte ich einfach nur Glück gehabt, jeder Stich hätte genauso gut in einen Finger gehen können.

Klitschko grinste mich an. Seine Lippen zogen sich auseinander und gaben den Blick frei auf große gelbe Zähne, die mich an ein Pferdegebiss erinnerten. Ihm hing Speichel in den Mundwinkeln. Und auch er schwitzte stark, und der Kolibri auf seiner Halsschlagader flatterte vergeblich auf und nieder.

Die Männer um uns verstärkten das Klatschen, sie stampften mit ihren Stiefeln den Rhythmus, der nochmals schneller wurde, als wir in die dritte Runde gingen.

Ich sah meine linke Hand nicht mehr, ich stieß nur immer weiter mit dem Messer zu, ich hackte drauflos, weil ich irgendwie an den Rhythmus glaubte. Oder jedenfalls glaubte, dass ich mir gewiss einen Finger abhacken würde, wenn ich den Rhythmus plötzlich verlor.

Die umstehenden Männer feuerten ihren Chef an: »Klitsche, Klit-sche, Klit-sche, Klit-sche!«

Dann brachen sie ab. Klitschko war erstarrt. In seinem linken Handrücken steckte die Messerklinge, er hatte sie in voller Fahrt hineingerammt. Sofort breitete sich eine Blutlache auf der Tischplatte aus. Ein Rinnsal floss auf meine Seite hinüber. Ich legte mein Messer zur Seite.

Jetzt war es vorbei, das hoffte ich jedenfalls. Klitschko sagte nichts, er zog nur die Lippen hoch und das Messer aus seiner Hand heraus. Von der Klinge tropfte sein Blut.

Einer der Männer reichte ihm eine Flasche Wodka. Klitschko nahm einen Schluck, dann goss er den Rest des Wodkas auf seine verletzte Hand. Dabei blieb sein Gesicht nahezu unbewegt. Nur seine Augen musterten mich.

Er nickte mir zu.

Dann legte er seine rechte Hand auf die Tischplatte, Handrücken nach oben, die Finger weit gespreizt. Mit der linken Hand nahm er das blutige Hirtenmesser auf.

Jemand gab mir eine Kopfnuss. Also wechselte auch ich die Hände. Meine linke Hand zitterte stark, als sie das Schlachtermesser hielt. Und als ich meine rechte Hand dort auf dem Tisch liegen sah, bekam ich zum ersten Mal in dieser Nacht wirklich Angst. Kein Muffensausen wie vorher, sondern echte Angst. Mit links war ich so ungeschickt, dass ich meine andere Hand innerhalb kürzester Zeit zerlegen würde. Gulasch. Fleischsalat. Hackepeter.

Aber ich brauchte meine rechte Hand. Ich brauchte sie, um

zu lesen, um mir Zigaretten zu drehen, um Moe zu streicheln, um Chris die Hand zu geben, wenn wir uns vertragen würden. Zum ersten Mal an diesem Tisch sickerte die Angst in mich ein und scheuchte meine Gedanken auf, was alles schiefgehen würde. Ich legte das Messer weg.

»Nein«, sagte ich. »Lass uns aufhören.«

Im selben Moment erhielt ich die Ohrfeige meines Lebens. Mein Kopf wurde zur Seite gerissen. Meine Wange brannte höllisch. Klitschko hatte ansatzlos mit der rechten Hand zugeschlagen, während seine linke immer noch das Messer hielt. Mir stiegen Tränen in die Augen, das geht mir jedes Mal so, auch wenn es mir total peinlich ist, ich kann nichts dagegen tun.

»Mach ihn alle, Klitsche«, sagte einer der umstehenden Männer. »Das ist kein Mann, das ist ein Weichei.«

Klitschko beobachtete mich. Von seiner klinken Hand tropfte weiter das Blut, und ich nahm mein Messer auf. Ich wusste nicht, wie lange er sein Hirtenmesser mit der verletzten Hand noch würde halten können. Irgendwann musste er aufgeben, spätestens wenn er sich die Klinge auch in die rechte Hand rammte. So lange wollte ich durchhalten.

Der erste Durchgang war wieder langsam, eher eine Trainingseinheit. Die Hände sollten sich an die Messer und ihren Rhythmus gewöhnen. Diesmal schwiegen die Männer. Auch beim zweiten Durchlauf hielten sie alle den Mund und schauten gespannt zu. Kurz flackerte aus einer Ecke ein hastig unterdrücktes Raucherhusten auf.

Dann hörte man nur das Tackern der Messerspitzen auf dem Holz. Die Messer wurden schneller und schneller. Von Klitschkos linker Hand spritzte das Blut, je heftiger er in die Zwischenräume seiner rechten Hand hackte. Ich hörte ihn schwer atmen und spürte die Angst, die unter seiner Blutlust lauerte.

Plötzlich hörte ich Chris aufschreien. Nur kurz, aber durchdringend. Durch die Reihen der Männer ging ein Murmeln. Klitschko ließ sein Messer fallen und stand auf. Er ließ sich eine Wodkaflasche reichen und trank gierig. Er schwankte.

Ich blieb sitzen. Vor mir lag meine rechte Hand, sie kam mir fremd und fern vor. In ihrem Rücken steckte das Schlachtermesser und zitterte nach. Die Klinge war tief ins Holz eingedrungen. Meine linke Hand lag schlaff daneben, unfähig, das Messer herauszuziehen. Vielleicht fühlte sie sich schuldig. Mir war es egal. Ich saß einfach nur da. Schmerz spürte ich nicht, nur ein kaltes Entsetzen.

Klitschko nahm das sardische Hirtenmesser, wischte die Klinge ab, klappte es zu und schob es in seine Tasche. Er nickte mir kurz zu, dann zog er die Lippen zusammen und spuckte auf meine Hand, in der das Messer saß.

Er ging die Kellertreppe hinauf, seine linke Hand hielt er gekrümmt, und das Blut tropfte weiter, er achtete nicht darauf. Er stieß die Kellertür auf und verschwand. Offenbar hatte er erreicht, was er wollte: Sein Gegner sollte den Schmerz fühlen, das Messer schmecken, dann ließ er ihn in Ruhe.

Die anderen Männer folgten ihm. Eddie war unter ihnen, er würdigte mich keines Blickes mehr. Zwei Männer legten ihm eine Hand auf die Schulter, als sie gingen, er war jetzt einer von ihnen. Ich blieb sitzen.

Über mir baumelte der tote Fuchs. Vor mir lag meine rechte Hand. Eine Lache von Blut schwamm darunter hervor und vermischte sich mit dem Blut auf Klitschkos Seite. Die Tür klappte. Motorräder dröhnten auf, der Lärm sammelte sich zu einer Wolke und entfernte sich.

Dann war es still. Ich war allein.

Nein, ich war nicht allein. Chris lehnte an einer Wand, er kam mit aufgerissenen Augen näher, sein Gesicht war aschfahl.

»Alter, was hast du gemacht?«, fragte er und konnte seinen Blick nicht vom Messer in meiner Hand abwenden.

»Zieh es raus«, sagte ich.

Allmählich setzte der Schmerz ein, er brandete in scharfen heißen Wellen durch meine Hand, den Arm hinauf, durch meinen Hals bis unter meine Schädeldecke. So einen Schmerz kannte ich nicht. Ich musste an meinen Vater denken, als der Hund ihm in der Tankstelle zwei Finger abgebissen hatte. Und ich hatte damals nur an die Weihnachtsgeschenke gedacht. So einen Schmerz kannte ich wirklich noch nicht, und ich wusste, dass ich ihn nicht lange aushalten würde.

Egal.

Nein, es war nicht egal. Der Schmerz wurde heftiger.

»Zieh es raus«, sagte ich noch mal.

»Das kann ich nicht«, sagte Chris.
»Ich auch nicht«, sagte ich.

In diesem Moment splitterte der Bretterverschlag in der Kellerecke.

Ich hörte Moes Stimme: »Lenny, bist du okay? Zieh das Messer raus!«

Ich war so froh, ihre Stimme zu hören, dass ich mich nicht wunderte, dass sie plötzlich hier war.

»Wenn ich es anfasse, kippe ich um«, sagte ich.

Jemand trat die Bretter aus der Verschalung. Kaya und Moe schlüpften durch den Spalt. Ich blieb einfach sitzen. Bewegen konnte ich mich nicht. Das Messer steckte wie ein böser Traum in meiner Hand, die mehr und mehr ausblutete, ich konnte nicht hinsehen. Und konnte nicht wegsehen.

Hinter Moe und Kaya kam der Raucher aus der Fleischfabrik aus dem Bretterspalt gekrochen. Er schüttelte sich den Dreck ab und nickte mir zu.

»Es wird gleich ziemlich wehtun«, sagte er.

»Egal«, sagte ich, »es tut auch jetzt schon weh.«

Dann fasste er das Messer und zog es mit einem entschlossenen Ruck heraus. Mir wurde nicht schwarz, sondern grün vor den Augen, dunkelgrün wie das Blätterdach eines unbekannten Urwalds, in den ich aus großer Höhe hineinstürzte.

Erst in der Notaufnahme des Urban-Krankenhauses kam ich wieder zu mir. Chris war gerade dabei, dem Arzt die Spielregeln des *Five Finger Fillet* zu erklären. Der Arzt hörte ihm entgeistert zu.

»Und damit verbringt ihr eure Nächte?«, fragte er. »Habt ihr sonst nichts zu tun?«

»Wir hatten keine andere Wahl«, sagte Chris.

»Wenn ich das schon höre«, sagte der Arzt und griff sich müde an die Stirn. »Hier kommen sie jede Nacht her und hatten keine andere Wahl. Mussten sich die Schädel einschlagen. Mussten sich zuschütten. Mussten die neuen Pillen aus den polnischen Labors probieren. Mussten auf der Stadtautobahn mit hundertsiebzig überholen, als der andere ausscherte. Hatten ja keine andere Wahl.«

Meine Hand war bandagiert. Der Schmerz war jetzt erträglich. Der Arzt schickte mich nach Hause. »Gehe direkt dorthin. Gehe nicht über Los. Ziehe nicht 4000 Euro ein.«

Natürlich ging ich nicht nach Hause. Unten am Landwehrkanal saßen Moe und Kaya mit dem Raucher und warteten auf uns. Sie hatten Hamburger und eine Flasche Wein geholt.

Es war die letzte Nacht des Sommers. Die Hitze saß immer noch mit breitem Hintern auf der Stadt, doch in dieser Nacht sollte es zum ersten Mal wieder regnen. Und danach abkühlen. Für diese letzte Hitzenacht waren alle Leute nach draußen gekommen. Am Horizont sah man bereits das Wetterleuchten und hörte das Grollen eines aufziehenden Gewitters. Aber hier am Ufer des Landwehrkanals stand die Luft still. Von der Admiralbrücke wehten Gitarrensongs herüber.

In dieser Nacht hatte ich zum ersten Mal das Gefühl, dass

es ein richtig guter Sommer werden konnte. Moe saß neben mir und kraulte meinen Nacken.

»Ich bin tausend Tode gestorben, als ich dich mit dem Messer am Tisch gesehen habe. Ich dachte, Klitschko spielt so lange mit dir, bis du dir sämtliche Finger abgehackt hast.«

»Ich brauche meine Finger noch«, sagte ich.

»Hattest du nicht totale Panik dabei?«

»Nein, ich hab mich konzentriert.«

»Hast du gar nicht an mich gedacht?«

Nein, ich hatte nicht an sie gedacht, nicht eine Sekunde lang. Auch nicht an Chris oder Kaya oder Steven. Auch nicht an meine Eltern oder sonst irgendwen. Ich hatte nicht einmal an Klitschko gedacht, der mir gegenübergesessen hatte. Ich war vollauf damit beschäftigt gewesen, die Zwischenräume zwischen meinen Fingern zu treffen und den Rhythmus zu wahren. Ich war wie in Trance gewesen. Wenn ich meine Klausuren so schrieb, würde ich das Abitur mit links schaffen.

»Ich hab dich lieb«, sagte ich zu Moe.

Die anderen hörten diskret weg.

»Wirklich?«, fragte sie.

»Ja, wirklich.«

»Dann hast du also doch an mich gedacht dabei?«

»Ich denke immer an dich«, sagte ich.

»Du bist so süß, Lennart«, sagte Moe.

Wenn ein Junge sich darüber freut, dass ein Mädchen ihn süß findet, dann ist es eine ernste Sache.

Ich saß einfach still da. Meine linke Hand zitterte immer

noch, und die verbundene rechte Hand schmerzte. Als ich mich an die Szene mit Klitschko erinnerte, kehrte die Angst in heftigen Wellen wieder. Ich sah mich mit ihm an jenem Tisch sitzen, ich spürte den kühlen Messergriff und stach zu, getrieben vom Klatschen der Männer und von Klitschkos kaltem Blick.

Währenddessen erzählte der Raucher aus der Fleischfabrik, wie Kaya und Moe ihn aufgestöbert und gebeten hatten, sie in den Bunker zu begleiten. »Ich hab euch nicht umsonst vor dem Kinderkrankenhaus gewarnt. Das ist der unheimlichste Ort in ganz Berlin. Oben leben zwanzig bis dreißig Junkies. Im Neubau haben sich Obdachlose eingerichtet, die ziemlich aggressiv auf Eindringlinge reagieren. Im Bunker aber finden seit Monaten diese rituellen Zusammenkünfte der *Bandidos* statt. Ich hab das einmal zufällig mit angesehen, und es war wirklich schauderhaft.«

Als Moe und Kaya von ihrer Shoppingtour zurückkamen und uns nicht mehr erreichen konnten, wussten sie, dass etwas schiefgelaufen war.

»Wir haben eine Stunde lang Panik geschoben«, sagte Kaya. »Nur geheult und dabei unsere neuen Sachen von Primark mit Rotz und Wasser vollgesaut. Moe hat immer nur wiederholt, was Klitschko in der Nacht zuvor gesagt hat: Bring ihn mir her. Morgen, gleiche Stelle, gleiche Welle.«

»Und wir wussten, dass Eddie euch in der Wohnung einmacht. Ihr mit eurem Scheißplan.«

»Außerdem haben wir Steven vor der Kneipe getroffen, und

der hat ziemlich schnell zugegeben, dass er Eddie deinen Namen verraten hat.«

Steven sah mich an, so zerknirscht und fertig mit der Welt, dass er mir fast leidtat. Er schwitzte vor Verlegenheit.

»Ich weiß nicht, was ich sagen soll, Lennart. Ich musste es Eddie sagen, er hätte mich sonst totgeschlagen. Ich dachte, wenn ich ihm seine Tüten zurückgebe, dann lässt er uns in Ruhe. Und die Kneipe auch. Ich dachte, das wird ein klarer Deal. Aber er wollte dich, und er sagte, wenn ich mit dem Namen nicht rausrücke, dann holt er den Quarzer und prügelt ihn aus mir heraus. Und dann hab ich es gesagt. Und gehofft, dass er dich nicht findet. Er sagte, wenn er dich in den nächsten Stunden nicht findet, kommt er zurück und zündet die Kneipe an. Er kam nicht zurück.«

Wir hörten ihn an und wussten nicht, was wir dazu sagen sollten. Er sah elend aus, erbärmlich. Ich glaube, nichts ist schlimmer für einen selbst, als seine Freunde zu verraten.

»War wohl alles eine Nummer zu groß für euch«, sagte der Raucher. Er zündete sich die nächste Zigarette an. »Ich bin fast vom Stuhl gefallen, als Moe und Kaya ankamen. Keine Ahnung, wie ihr mich überhaupt gefunden habt.«

Kaya strich sich stolz eine Haarsträhne aus der Stirn. »Kein Ding. Berlin ist eigentlich ein Dorf. Ich hab mit zehn Leuten telefoniert, die dann auch rumtelefoniert haben, dann wusste ich, wer du bist und wo du wohnst. Wir hatten nur Glück, dass du in dieser Nacht nicht woanders auf Tour warst.«

Der Raucher hustete kurz. »Moe hat uns dann den Weg

gezeigt, den Keller im alten Trakt des Krankenhauses und den Schacht, durch den ihr die Nacht davor gefallen seid. Und dann haben wir das Messerstechen durch die Bretter mit angesehen.«

Das Wetterleuchten am Horizont wurde stärker, aber noch hatte die Sahara-Hitze nicht nachgelassen. Auf der Admiralbrücke wurde gefeiert. Die Leute zogen sich ihre Shirts aus und tanzten. Fünf Leute spielten Gitarre und sangen. Wir hörten der Musik zu, tranken den Wein und blieben noch eine Stunde zusammen sitzen. Wir warteten auf den Regen. Diese drei Wochen hatten uns wirklich geschafft.

Als wir uns trennten, holte der Raucher das Schlachtermesser aus der Tasche und gab es mir. »Zur Erinnerung an diese Nacht.«

Später, als ich mit Moe im Bett lag, kam die Angst in mächtigen Wellen zurück. Das Zittern lief durch meinen ganzen Körper, wenn ich an das Messerspiel dachte. An Klitschkos Blick. An seine blutende Hand. An das Schimmern der Klingen im Licht der Fackeln. An den Fuchs, der über uns hing.

Moe hielt mich in den Armen. Die Panikwellen rollten an, liefen durch meinen Körper, liefen aus und gaben für eine Minute Ruhe, dann setzten sie wieder ein, türmten sich auf. Das Zittern kam zurück und lief so heftig durch mich hindurch, dass mir die Zähne aufeinanderschlugen.

Moe hielt mich fest. Als es nicht besser wurde, zog sie mich aus und schlüpfte selbst aus ihren Klamotten. Sie drängte sich an mich, nackt und warm. Sie roch nach einem frischen Herbsttag, nach Minze und Rosmarin. Ich küsste ihren Hals, ihre Haare, ihre Achseln, ihre Brüste, ihren Bauchnabel. Und das Zittern ließ allmählich nach.

»Es ist so gut, bei dir zu sein«, flüsterte ich.

»Hör nicht auf«, sagte sie mit ganz heller Stimme, »mach weiter, mach weiter.«

Ich konnte nicht aufhören und wollte nicht aufhören. Jetzt liefen andere Wellen durch mich hindurch, heftige warme Wogen der Lust, und ich ließ sie rollen. Zwischendurch stöhnte ich auf, wenn Moe auf meine bandagierte Hand rutschte.

Draußen kam endlich das Gewitter über die Stadt. Die Fenster der Wohnungen klapperten, als ein Windstoß durch den Hinterhof fuhr. Blitze flackerten auf und erhellten unser Zimmer für winzige Momente, ich sah Moes Mund, ihr Gesicht, ihre runden Schultern, als sie auf mir saß und sich langsam bewegte.

Gleich darauf rollte der Donner in mächtigen Schlägen an. Und der Regen setzte ein, er ging mit unglaublicher Wucht über unserem Viertel nieder, über unserem Hof. Das Wasser gischtete gegen meine Fenster. Und wieder kamen Blitze, wieder die Donnerschläge. Ich weiß nicht, wie lange dieses Gewitter anhielt. Irgendwann war es vorbei, doch Moe war immer noch neben mir, und wir schliefen ein im ruhigen Rauschen des Regens, der für den Rest der Nacht anhielt.

19. KAPITEL

Als meine Eltern aus Italien wiederkamen, saß ich an meinem Schreibtisch und las im Physikbuch.

Wir begrüßten uns unbeholfen, wie Leute, die sich früher einmal gut gekannt haben, doch jetzt nicht wissen, was sie voneinander halten sollen.

Meine Mutter wollte mich umarmen. Ich wich zurück. Mein Vater schlug mir kumpelhaft auf die Schulter: »Alles klar, Lennart?«

»Alles gut«, sagte ich.

»Mein Gott«, sagte meine Mutter und sah sich um. »Wie sieht das hier denn aus?«

Ich hatte aufgeräumt. Zwei Tage lang hatte ich mit links die Wohnung entrümpelt. Die Pizzapackungen in die Altpapiertonne geworfen, den Fußboden gesaugt, die Aschenbecher ausgeleert, überall gelüftet, die Töpfe und Teebecher gespült. Ich war mit Chris bei einem Blumenmarkt gewesen und hatte neue Pflanzen gekauft für die, die in der Hitze eingegangen waren. Ich hatte die Post aus dem Briefkasten geholt und säuberlich aufgeschichtet. Ich hatte die Nudelreste aus der Pfanne gekratzt und die vergorenen Milchpackungen weggeschmissen. Den Bildschirm des Fernsehers mit einem Staubtuch poliert. Die zerknüllten Chipstüten unter der Couch hervorgezogen und entsorgt. Den Ketchupfleck von der Fensterscheibe entfernt. Die Kleiderhaufen in meinem Zimmer sortiert und in die Waschmaschine gestopft. Erstaunlich, was man in zwei Tagen schaffen kann, wenn man nicht kifft, nicht trinkt, nicht rausgeht. Andererseits fand ich es auch bemerkenswert, wie gründlich man eine Wohnung innerhalb von vierzehn Tagen runterrocken kann.

Zwischendurch war Herr Schmadtke hochgekommen und hatte geklopft. Ob ich die Musik nicht etwas leiser stellen könnte. Oder zumindest mal ein anderes Lied hören wollte. Er hatte recht; seit vier Stunden lief der gleiche Death-Metal-Song, der selbst an meinen Nerven zerrte. Ich stand an der Tür, mit den triefenden Gummihandschuhen vom Abwasch. Herr Schmadtke zuckte zurück, als hätte er mich bei einem satanistischen Ritual gestört. »Alles cool, Lennart«, sagte er hastig. »Ich war selbst mal jung und hab's ordentlich krachen lassen.« Dann grüßte er mit einer seltsamen Metal-Faust, schüttelte dazu seitlich den Kopf, als hätte er eine schulterlange Haarmähne, und trottete wieder die Treppe runter.

Meine Eltern standen also in der Wohnung und wagten kaum, den frisch geputzten Holzboden zu betreten. Sie sahen gut aus. Braun gebrannt. Entspannt. Fast locker.

»Ist mit dir alles okay, Lenny?«, fragte meine Mutter. Sie schien beunruhigt. »Wo ist deine Kapuze?«

Meinen Kapuzensweater hatte ich, als ich von der Messernacht zurückkam, in eine der Mülltonnen auf dem Hof gesteckt. Die Vorderseite war voller Blutflecken. Und die Kapuze brauchte ich nicht mehr.

»Hab ich verloren«, sagte ich.

»Schade«, sagte sie. »Du sahst darin immer so niedlich aus.«

Mein Vater nahm mir das Physikbuch weg. »Genug geschuftet, Sportsfreund. Schule ist nicht alles. Hab mal Spaß am Leben!«

»Ich will mein Potenzial abrufen«, sagte ich.

Mein Vater warf sich fast weg vor Lachen. »Was sind das für Spießersprüche! Alter, mach dich mal locker!«

Ich wurde nicht recht schlau aus meinen Eltern. Sie schienen irgendwie eine Handbreit über dem Boden zu schweben. Sie lachten dauernd. Fanden alles »ottimo« und »perfetto«. Mein Vater schockte mich zusätzlich, als er eine Reggae-CD einschob und zu tanzen begann. Er bewegte sich wie ein jamaikanischer Tattergreis, aber ich musste zugeben, dass es nicht schlecht aussah.

»Jetzt fehlt nur noch eine richtig fette Tüte«, sagte er, als er sich in den Fernsehsessel fallen ließ. »Hast du vielleicht was da?«

Ich schüttelte den Kopf. »Sorry. Aus dem Alter bin ich raus.«

Mein Vater kam aus dem Staunen gar nicht mehr heraus. »Gudrun, die haben unseren Sohn vertauscht. Die haben uns einen verklemmten Streber hierhin gesetzt, als wir weg waren.«

Für einen winzigen Augenblick bereute ich es, die Taschen mit Eddies Zeug weggegeben zu haben. Zu gern hätte ich das Gesicht meiner Eltern gesehen, wenn ich vor ihnen das Sortiment ausgebreitet hätte. Doch offensichtlich hatten meine

Eltern in den Ferien genug gekifft. Am Strand von Sperlonga hatten sie ein paar Hippies in ihrem Alter kennengelernt, die vor zwanzig Jahren dort hängen geblieben waren.

Meine Mutter schwärmte begeistert von ihnen: »Total nette Leute! Nicht so engstirnig wie die Spießer hier in der Stadt. Sondern richtig kreativ und offen. Und so sinnlich irgendwie. Voll gechillt.«

Mir schmerzen immer die Ohren, wenn alte Leute sich jugendlich geben. Die Worte kamen ihnen ziemlich holprig aus dem Mund, aber das machte ihnen nichts aus.

Blieb nur die Sache mit meiner Hand. Meine Mutter flippte fast aus, als sie den Verband sah.

»Lennart! Was ist denn da passiert?«

»Bin hingefallen«, sagte ich.

Meine Mutter wusste sofort Bescheid: »Das hab ich dir doch immer gesagt, dass du nicht ohne Licht Rad fahren sollst. Du siehst die Bordsteinkanten nicht. Mein Gott, Junge. Du hättest auf den Kopf fallen können!«

»Ja, genau.«

Ich wartete darauf, dass sie wieder anfing zu hyperventilieren, wieder mit den Türen knallte und stundenlang rumstresste. Aber diesmal kriegte sie sich erstaunlich schnell wieder ein.

»Tut's noch weh?«

Ich schüttelte den Kopf. »Passt schon. Und was habt ihr sonst so gemacht auf eurer Reise?«, fragte ich.

»Rastafari!«, tönte mein Vater.

»Irie!«, sagte meine Mutter.

Eltern. Man kann sie sich nicht aussuchen.

Am nächsten Tag kam Moe und blieb zum Essen. Sie war neugierig auf meine Eltern, und die versuchten, sich erst mal nichts anmerken zu lassen. Ihre Aufregung, dass zum ersten Mal ein Mädchen ihren Sohn besuchte, war dennoch unübersehbar. Mein Vater klapperte etwas zu laut mit den Töpfen und Tellern, als er kochte, und bewegte sich nach einem schunkelnden Ska-Rhythmus, der für uns nicht zu hören war. Er wirkte wie sechzehn.

Meine Mutter sah plötzlich so alt aus, wie sie war, Mitte vierzig. Falten am Hals, Krähenfüße an den Augen. Die Kerben an ihren Mundwinkeln traten deutlich hervor. Aber sie tat so, als könnte Moe ihre allerbeste Freundin werden, und redete gern von Frau zu Frau mit ihr.

»Hast du hier zusammen mit Lennart aufgeräumt?«, fragte sie beiläufig. Die ordentliche Wohnung ließ ihr einfach keine Ruhe.

»Wieso?«, fragte Moe. »Hier sah es immer sehr okay aus.«

»Wie oft warst du denn schon hier?«

Moe rechnete flüchtig nach. »Vier oder fünf Nächte.«

Meiner Mutter blieben die Spaghetti im Mund hängen, und mein Vater nahm einen großen Schluck Rotwein.

»Nächte? Was habt ihr denn hier gemacht?«

Wir antworteten nicht. Meine Eltern konzentrierten sich wieder auf die Nudeln.

»Und du hast hier wirklich nicht beim Aufräumen geholfen?«, setzte meine Mutter nach.

»Ich bin doch nicht sein Dienstmädchen«, sagte Moe.

»Genau!« Meine Mutter war hocherfreut, endlich eine seelenverwandte Mitstreiterin zu finden. »Das sage ich ja auch immer. Aber bisher hat es nicht so richtig gewirkt. Männer ...«

Ich wechselte einen Blick mit meinem Vater. Er verbarg seine verkrüppelte Hand unter dem Tisch und ich meine bandagierte Hand.

»Was habt ihr denn die drei Wochen hier gemacht?«, fragte er.

Wir erzählten von den Klubs am Anfang, vom *Berghain* und den Türstehern und dem Ärger mit Klitschko. Meine Eltern wurden zusehends unlocker.

»Er hat eure Freundin angegriffen? Ihr habt euch mit ihm geprügelt? Um Gottes willen.«

Dann erwähnten wir vorsichtig die Fabrik am Spreeufer, die wir entdeckt hatten.

»Aber ihr seid da doch hoffentlich nicht reingegangen! Oder? Da gibt es Ratten! Und die Wachleute!«

Wir beruhigten sie sofort. »Nein, wir waren natürlich nicht drin. Das wäre viel zu gefährlich gewesen. Wir haben nur draußen am Zaun gestanden und uns die Fassade angesehen. Das war schon unheimlich genug.«

Den Rest ersparten wir ihnen lieber. Sie hätten es vermutlich kaum überlebt. Aber so seltsam das Gespräch auch verlief, Moe schien immer bessere Laune zu bekommen. Sie fragte meine Mutter, was sie in ihrer Jugend getrieben hatte, und hörte dann hingerissen den Geschichten von wilden Fahrten auf dem Rücksitz eines Motorrads zu. Meine Mutter verjüngte sich sichtlich dabei, sie deutete sogar an, dass sie auch gern gekifft hatte, aber das sei natürlich schon sehr, sehr lange her.

»Außer in Italien«, sagte mein Vater trocken.

Und er erzählte von der Band, in der er mal Gitarre gespielt hatte. Von den wüsten Auftritten im Jugendzentrum Paderborn. Und dass er mal Schulmeister im Tischtennis war.

»War mal sehr flink mit den Händen«, sagte er. »Aber das ist natürlich schon sehr, sehr lange her.«

»Deine Eltern sind echt niedlich«, sagte Moe später. »Wie aufgeregte kleine Hippiekinder, denen die Welt jetzt etwas fremd geworden ist.«

Mir tat es gut, meine Eltern so von außen zu sehen. Und ich war neugierig darauf, Moes Vater kennenzulernen.

Er lag auf der Couch und reichte mir eine schlaffe Hand. Seine äußere Ähnlichkeit mit Moe war verblüffend – die gleichen geraden Augenbrauen und langen Wimpern, das dichte dunkle Haar und der zarte Mund. Früher musste er ein richtig gut aussehender Mann gewesen sein. Jetzt sah er aus, als ob er innerlich permanent schlief.

»Sportverletzung?«, fragte er und sah auf meine bandagierte Hand. Ich nickte.

Er lag da in seiner Jogginghose, die Beine lang ausgestreckt, einen Becher Kaffee in Reichweite. Der Fernseher lief und brachte ein obskures Tennisturnier.

»Federer spielt«, sagte er, als ich meinen Namen nannte, und machte eine müde Geste, um mich aus dem Bild zu scheuchen.

Ich wartete noch eine Weile, falls er zu wissen wünschte, was ich später mal beruflich machen wollte, aber er schien meine Anwesenheit nicht weiter zur Kenntnis zu nehmen.

»So ist er seit vier Jahren«, sagte Moe, als wir in ihrem Zimmer saßen. »Nachts kann er nicht schlafen, dann wühlt er in der Wohnung herum und ist tierisch sauer, wenn ich später nach Hause komme. Aber tagsüber zieht er sich jeden Scheiß in der Glotze rein.«

Sie sah mich unglücklich an. »Ich weiß nicht, was ich machen soll. Kann ihm seine Frau ja nicht zurückbringen. Ehrlich gesagt, so einen Loser wünsche ich meiner Mutter auch nicht.«

»Lass ihn doch«, sagte ich. »Du bist für sein Leben nicht verantwortlich. Ich wäre eher froh, wenn mir meine Eltern nicht dauernd im Nacken sitzen würden.«

»Du kennst seine Anfälle nachts nicht. Da tickt er regelmäßig aus, als ob ich schuld daran wäre, dass er allein ist.«

»Bist du nicht«, sagte ich. »Du bist eine ziemlich tolle Tochter. Vielleicht merkt er das irgendwann wieder.«

Ich war schwer beeindruckt von ihrem Zimmer. Es war beängstigend ordentlich. Alles hatte seinen Platz, die Schulsachen lagen akkurat geordnet auf dem Schreibtisch, ihre Klamotten waren präzise aufeinandergeschichtet, nach Größe und Farben. Mit einem Wort, es war das Zimmer einer Streberin, und normalerweise wäre ich zwei Minuten später entsetzt rausgelaufen. Doch es war zu spät, ich hatte mich wirklich in Moe verknallt. Vor allem liebte ich ihre wilde Seele, die sie in unseren Nächten zeigte und in all den Erkundungen der verlassenen Gebäude.

Außerdem hatte ich vor einigen Tagen selbst wie ein Irrer meine Wohnung aufgeräumt. Da konnte ich ihr jetzt schlecht die Vorzüge eines jahrelangen, intensiven schöpferischen Chaos preisen.

Moe zeigte mir ihre Muschelsammlung. Ihre Bücher. Ihre Zeichnungen, als sie neun Jahre alt gewesen war und einen Comic gemacht hatte. Sie hatte ihre Eltern als Giraffen gezeichnet und sich selbst als trotteligen Eisbären. Wir lagen auf ihrem Bett und wälzten uns vor Lachen. Allmählich ließ mein Entsetzen über ihren zwanghaften Ordnungssinn nach.

Als ich anfing, sie zu küssen und die Laken etwas zu zerwühlen, indem ich sie hin und her rollte, befreite sie sich plötzlich.

»Ich muss das Abendessen machen«, sagte sie. »Sorry. Mein Vater kriegt ziemlich leicht schlechte Laune, wenn er Hunger hat.«

Seltsame Welt. Überaus seltsamer Haushalt. Ich leistete ihr am Herd Gesellschaft und schnitt die Zwiebeln, während ihr Vater reglos auf der Couch lag. Das Faultier im Zoo kam mir in den Sinn und auch, dass es mir auf Anhieb sympathisch gewesen war. Jetzt schüttelte ich eher den Kopf.

Auch über Moe. Sie verhielt sich wie eine besorgte Ehefrau, die ihren kranken Mann bedient. Als das Essen fertig war, brachte sie ihm den Teller an die Couch, damit er das Finale mit Federer in Ruhe sehen konnte. Wir setzten uns an den Esstisch und hörten während des Essens nur das ewige Ploppen der Tennisbälle.

»Schmeckt gut«, sagte ich, um ein Gespräch in Gang zu bringen.

»Die Burger am Schlesi schmecken besser«, sagte sie, und ich verstand, was sie meinte.

Es war das letzte Wochenende, bevor die Schule wieder begann. Wir waren beim *Burgermeister* verabredet, um Mitternacht. Ich war als Erster da und wartete auf Moe und Kaya, auf Steven und Chris. Auch wenn es deutlich kühler war als in den Wochen vorher, das Partyvolk war trotzdem unterwegs, und von überall her schwirrten Musikfetzen, Bassrhythmen, die rauchige Stimme einer Folksängerin. Ich hatte fünf Burger bestellt und wartete auf meine Leute.

Sie kamen pünktlich. Steven lief in seinem Watschelgang über die Straße, hinter ihm Chris.

»Hey, Digga, was geht?« Er wollte wie früher meine Kapuze lupfen, aber ich trug keine Kapuze mehr.

Moe und Kaya kamen gemeinsam. Wir umarmten uns alle, und diesmal blieb Moe nicht am Rand stehen. Die U-Bahn rumpelte über unseren Köpfen zur Warschauer Brücke. Die Jungs am Grill waren weiterhin die coolsten Köche der Stadt, ihre grün gestrichene Bude wurde wie immer von aberhundert hungrigen Leuten umlagert.

Doch wir fühlten uns um Jahre gealtert seit dem Beginn des Sommers. Auf eine angenehme Weise gealtert. Man ist nie wieder so wach und klug wie mit siebzehn und achtzehn Jahren; doch jetzt fühlten wir uns wie Mitte zwanzig. Wie Veteranen, die aus einer siegreichen Schlacht heimgekehrt sind. Abgekämpft, erschöpft, aber erfahren in den wesentlichen Dingen.

Wir wollten tanzen gehen, einfach nur tanzen. Chris erzählte, dass die meisten Klubs ihre Türsteher mittlerweile ausgewechselt hatten. »Die *Bandidos* sind raus aus dem Geschäft. Es hat einige Razzien gegeben und etliche Festnahmen. Handel mit Drogen, Waffen und Anabolika. Keine Ahnung, ob Klitschko und Eddie dabei waren. Aber ich denke, dass wir diesmal nicht an der Tür abgewiesen werden. Und ich muss unbedingt noch ein paar Stunden tanzen, ehe die Schule wieder anfängt.«

»Auf jeden Fall«, sagte ich. »Aber vorher möchte ich der alten Fabrik am Spreeufer noch einen Besuch machen. Dort, wo alles begann.«

Die anderen waren einverstanden, wir holten uns noch ein Bier, liefen über die Oberbaumbrücke und die Warschauer Brücke, sahen die hell erleuchteten S-Bahnen einfahren, sahen drüben den Fernsehturm glitzern und die schimmernden Lichter des Potsdamer Platzes. Was für eine riesige Stadt. Drei Millionen Leute, und sie alle auf ihren seltsamen, verschlungenen Wegen durchs Leben.

Wir bogen in die stille Seitenstraße ein. Hinter uns verebbte die Musik. Das Licht der Straßenlaternen wurde spärlicher.

Zum Glück kam der Mond durch die Wolken. Wir erreichten den Zaun des Fabrikgeländes und waren in zehn Sekunden drübergeklettert.

Die Fassade der Fabrik sah immer noch übel aus. Die eingeschlagenen Fenster der oberen Etagen gähnten im Mondlicht. Und trotzdem hatte ich den Eindruck, dass das Gebäude uns irgendwie wiedererkannte und sich über unseren Besuch freute. So wie ein Onkel, den man im Altersheim besucht und der nicht recht weiß, wen er vor sich hat, aber froh ist, dass überhaupt noch jemand kommt und seine Geschichten von früher hören möchte.

Wir fanden einen Einstieg auf der Seite zur Spree hin. Dort hatten sie mit den Abrissarbeiten begonnen. Die Tage der Fabrik waren gezählt. Ich wollte nicht daran denken, was sie stattdessen dort bauen würden, vermutlich irgendeinen gesichtslosen Bürokomplex. Vielleicht würden sie das Grundstück auch brachliegen lassen, und im nächsten Sommer würden andere Jugendliche hierherkommen, um zwischen den wild wuchernden Sträuchern ihre Partys zu feiern.

Wir gingen noch einmal durch alle Räume. Abgesehen von der kleinen Kammer, in der Chris den Leichnam des Mannes gefunden hatte. Wir stiegen hinauf aufs Dach und saßen eine halbe Stunde unter dem großen Nachthimmel. Niemand sagte etwas, aber wir alle dachten an die drei Wochen des Sommers, der hier begonnen hatte.

Und dann gingen wir tanzen.

EPILOG

Einige Monate später saß ich in den Frühjahrsklausuren. Wir trafen uns nicht mehr vor dem *Burgermeister* am Schlesischen Tor für einen Meistaburger. Steven lernte wie verrückt für sein Abitur, Chris und Kaya hingen zusammen wie die Kletten. Und Moe hatte immer noch diese irrsinnig schönen Augen, wenn sie neben mir aufwachte. Doch hin und wieder schreckte ich aus furchtbaren Träumen hoch, lag in kaltem Schweiß, weil ich wieder im Keller gewesen war, wieder die Kette gesehen hatte, das Gerippe des Tieres. *Sieh nicht hin …*

Dann kam ein Brief vom Landgericht Berlin, eine Vorladung als Zeuge in der Sache Harry Pietsch, wegen des Vorwurfs der organisierten Kriminalität, des Handels mit Betäubungsmitteln in nicht unerheblichen Mengen, der Hehlerei, der Tierquälerei.

So saß ich an einem Freitagvormittag auf der harten Wartebank vor Saal 237 im Kriminalgericht Moabit. Neben mir Steven, Chris, Kaya und Moe. Wir wurden einzeln aufgerufen.

Ich wurde als Letzter in den Saal geholt. Der Richter erklärte mir meine Pflichten als Zeuge: »Wenn Sie hier nicht die Wahrheit sagen, dann machen Sie sich strafbar.« Vor mir, ziemlich weit oben, saßen die fünf Richter. Rechts am Fenster der Staatsanwalt. Neben mir die Vertreter der Nebenkläger. Und links die Verteidiger mit dem Angeklagten.

Er trug ein verwaschenes Jeanshemd und hielt den Kopf meist gesenkt. Dennoch war er ein riesiger Kerl. Und über seine linke Gesichtshälfte lief der tätowierte Stacheldraht. Er warf mir einen müden, verständnislosen Blick zu und schien mich nicht zu erkennen.

»Na, dann erzählen Sie mal«, sagte der Richter.

Und ich erzählte. Der ganze Sommer tauchte wieder auf, die zwanzig Tage der fortwährenden Hitze. Unsere nächtlichen Erkundungen. Die Prügelei mit Klitschko im *Berghain*. Eddies Besuche in Stevens Kneipe. Die Versammlung im Keller des verlassenen Kinderkrankenhauses. Ich erzählte es alles und ließ nichts aus. Je länger ich erzählte, desto leichter wurde mir zumute. Ich wusste, die Träume vom Keller, vom Gerippe an der Kette würden allmählich verblassen, wenn ich jetzt erzählte.

Die Richter hörten zu, die Anwälte und Verteidiger hörten zu, auch Harry Pietsch alias Klitschko hörte zu. Als ich fertig war, stellten sie noch ein paar Fragen, vor allem ließen sie sich das *Five Finger Fillet* erklären, aber ich hatte nicht den Eindruck, dass sie sich dabei besonders geschickt anstellen würden.

Dann wurde ich vom Richter ermahnt, mich künftig nicht mehr in verlassenen Gebäuden herumzutreiben, und schließlich mit Dank entlassen. Ich ging hinaus auf den Flur, wo Moe, Kaya, Chris und Steven warteten, wir verließen das Gericht und gingen hinaus in den Frühling.

Welches Urteil dann gefällt wurde, weiß ich nicht. Ob Harry Pietsch eine Haftstrafe erhalten hat oder auf Bewährung davongekommen ist, das ist mir persönlich gleichgültig. Ich habe ihn nie wiedergesehen, auch wenn ich manchmal mit Moe und Kaya und den anderen im *Berghain* tanzen gehe. Auch Eddie steht dort nicht mehr vor der Tür. Aber die Musik ist immer noch saugut.

Eigentlich schlafe ich seitdem besser. Nur manchmal wandert ein Fuchs durch meine Träume, ruhelos.

DANKSAGUNG

Für Anregungen, Kritik und Ermutigungen danke ich:

Hannah, Finn, Benno, Philipp, Pauline, Annette, Christoph, Antje, der Donnerstagslangstreckengruppe, Elke, Malte und meiner Lektorin Claudia Müller.